集英社オレンジ文庫

魔法使いのお留守番（下）

白洲　梓

JN052999

本書は２０２２年９月、ＷｅｂマガジンＣｏｂａｌｔに掲載された短編小説『魔法使いのお留守番』をもとに書き下ろされたものです。

魔法使いのお留守番

下

Holding The Wizard's Fort

CONTENTS

魔法使いのお留守番
Holding The Wizard's Fort
CHARACTERS
ヒマワリ
金の髪と、向日葵の花のような虹彩を持つ少年。記憶を失い傷ついた状態で、"終島"に流れ着いた。

アオ
伝説の古代文明の遺物である青銅人形。
人間の感情に興味津々で、小説を読むのが好き。
クロ
千年生きると言われる竜の一族の、最後の生き残り。
竜の習性から、きらきらしたものを集めるのが好き。
挿画 kokuno

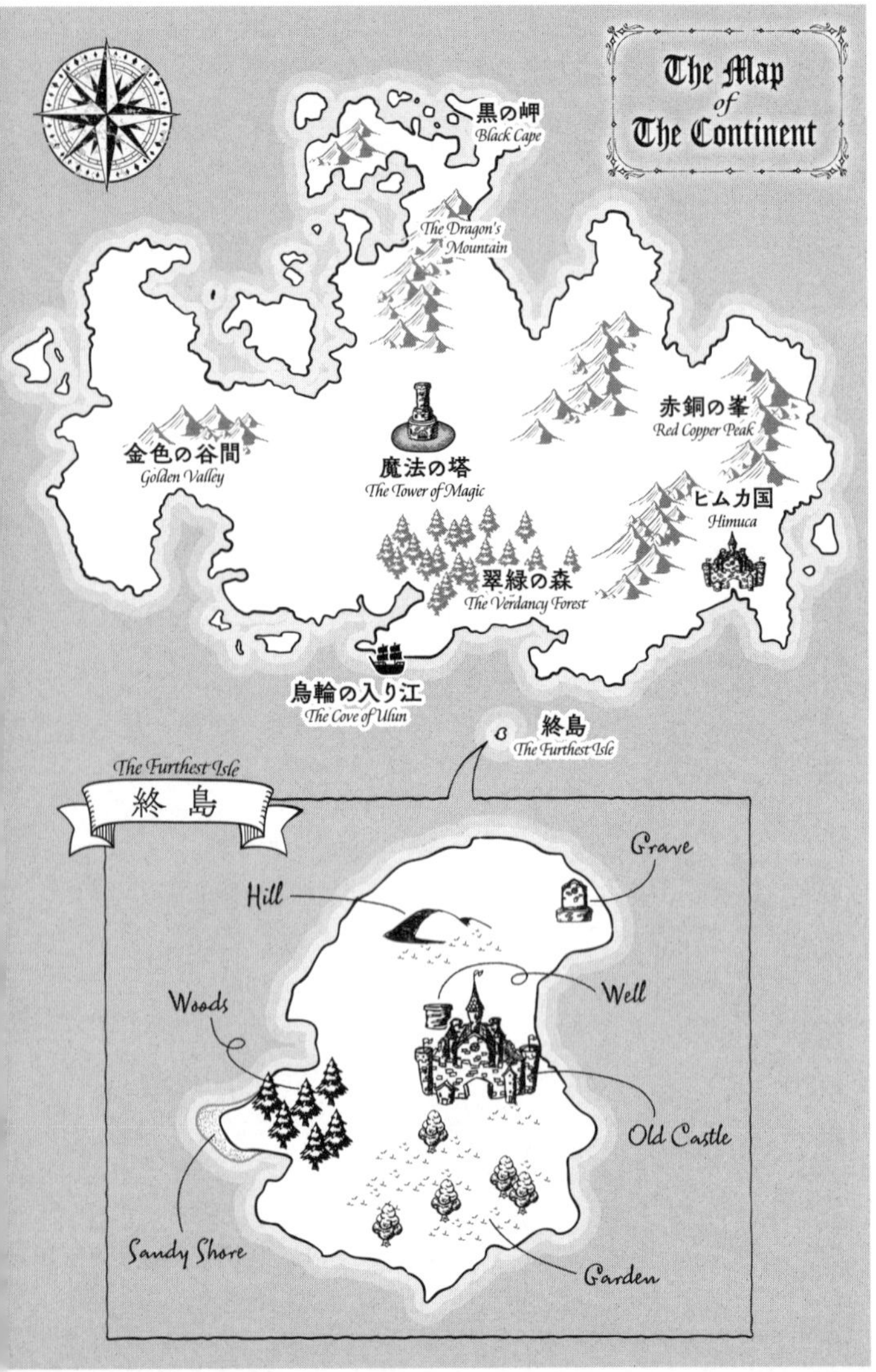
The Map of The Continent
黒の岬
Black Cape
The Dragon's Mountain
赤銅の峯
Red Copper Peak
金色の谷間
Golden Valley
魔法の塔
The Tower of Magic
ヒムカ国
Himuca
翠緑の森
The Verdancy Forest
鳥輪の入り江
The Cove of Ulun
終島
The Furthest Isle
The Furthest Isle
終　島
Grave
Hill
Well
Woods
Old Castle
Sandy Shore
Garden

魔法使いのお留守番

Holding The Wizard's Fort

下

七魔女

水は澄み渡り、空の青を色濃く映し出している。風に揺れる湖面が波紋を描き出すと、逆さに投影されていた世界の姿が揺れて散った。

その湖の奥底から伸びあがるように聳《そび》える、象牙《ぞうげ》色の塔。

それは塔というより、天を突く山のごとき要塞だ、とシロガネは思った。

魔法使いの本拠地である魔法の塔は、湖上に浮かぶ巨大な街であり、城であった。塔を囲む湖に、橋はひとつもかけられていない。足を踏み入れたければ、魔法使いは魔法の道から、人間であれば舟でしか辿《たど》り着くことができない。

塔の威容は、獅子《しし》が天を見上げながら首を伸ばして座り、尾を丸く大地に下ろしている――と表現され、別名『獅子の城』とも呼ばれる。高い壁に覆《おお》われた下層部分が丸く尾に囲まれた部分で、最も面積が広い全体の土台だ。その内側には船着き場、塔を訪問する客へ向けた宿場町、森、庭、魔法競技場などが置かれ、それらをぐるりと取り囲む尾の部分が捩《ね》じれるようにして、らせん状に上へ上へと続き、すっくと伸びた胴部分に繋《つな》がっていく。塔の頂上は雲がかかるほど天空まで高く突き出しており、あの場に立つ者はこの世のすべてを睥睨《へいげい》できるのではないかと思われた。

最上階には最高評議会のための部屋『賢人の間』があり、四大魔法使いしか足を踏み入れることはできない。

遥《はる》か頭上に位置するその塔の先を見上げて、シロガネはいつか必ずあの場に立ってやる、と思う。

（必ず、四大魔法使いになる――今日は、その通過点にすぎない）

「シロガネ、何をしている」

塔を見上げていたシロガネは、聞きなれたその声に振り返った。

四大魔法使いの一人である西の魔法使い、そしてシロガネの師でもあるオトワだ。

「師匠」

「そろそろ始まる。競技場へ移動しなさい」

「マホロを待っているんです」

「一緒に来なかったのか？　同じ部屋だろう」

「先に行ってくれと言われたんです。毎年恒例のやつですよ。今日、僕の誕生日だから」

「ああ……なるほど」

オトワは肩を竦《すく》めた。困ったように眉をひそめると、このところすっかり皺《しわ》の増えた額《ひたい》に、さらに深く皺が刻まれる。

シロガネは今日、十七歳になった。

同じくオトワの弟子であるマホロは、毎年彼の誕生日に必ず、プレゼントを用意してくれる。そしてそのプレゼントは、直接本人には渡さずどこかへ隠してしまう。隠されたプレゼントを自《みずか》ら探して手に入れる――というのが、恒例となったシロガネの誕生日イベントであった。

ただ今年は例年と異なり、ここ魔法の塔にある宿舎に滞在しているので、あまり勝手な場所には隠せないだろう。通年であれは、西の魔法使いが代々暮らす金色の谷間で誕生日を迎えていたから、オトワの管理する見渡す限りの土地の中で好き勝手できた。ある時は谷底の深く暗い滝つぼに、ある時は巨大な蛇孔雀《へびくじゃく》の巣の中に、ある時はオトワの隠し部屋に——これは後で散々怒られた——隠してあったものだ。

そこへ、明るい声と足音が響いてくる。

「シロ！　お待たせー！」

ぱたぱたと駆けてくる赤毛の少年は、達成感のある笑顔をにこにこ浮かべて手を振っている。

シロガネの目の前にパン！　と火花がいくつも散って、頭上から色とりどりの花が降り注いだ。続いて七色の羽を持つ蝶《ちょう》の大群が足下から噴き出すように溢《あふ》れたかと思うと、輝き明滅する文字が宙に浮かび上がる。

『誕生日おめでとう　シロガネ』

マホロがその向こうから、駆けてきた勢いそのままにシロガネに飛びつく。

「シロ！　ようこそ十七歳の世界へ！」

「どぅふっ」

ぶつかるように抱きつかれて、シロガネは息を詰めた。

「ふふふ、さぁ、今年もプレゼントはばっちり隠してあるからね！　今日中に見つけてよね！」

「……湖の中に沈めてないだろうね？　濡れるのは嫌だよ。あそこは塔を守る馬鹿《ばか》でかい水蜘蛛《みずぐも》がうじゃうじゃいるし」

「ん～どうかな～湖の底かなぁ～」

マホロは同じ十七歳という年齢よりも幼く見える顔に、にやにやと笑みを浮かべる。毎年、こうしている時が最高に楽しそうである。

オトワが呆《あき》れたような顔をした。

「マホロ、今日は魔法比べがあるんだぞ」

「わかってますよー！　今日は必ず、僕かシロが優勝するので！　優勝祝いを準備しておいてくださいね、師匠」

「優勝するのは僕だよ、マホロ。君にだけは、絶対に負けない」

自信たっぷりにシロガネが胸を反らすと、マホロもにやりと笑った。

「僕だって負けないよ」

オトワのもとでマホロと出会って、すでに八年。

シロガネにとっては切磋琢磨《せっさたくま》する親友であると同時に、実力伯仲の競争相手でもある。

初めて出会った時のことは、今でも忘れられない。

西の名家レイ家に生まれたシロガネは、生まれながらの天才と謳《うた》われて育った。その才能は並み居る名家の子息たちの中でも飛び抜けており、未来の魔法界を背負って立つであろうと誰もが認める神童。それがシロガネだった。

四大魔法使いの弟子として受け入れられる者は、ほんの一握りだ。弟子となった時点で、魔法使いとしての才能が突出していることの証左でもある。シロガネは九歳で西の魔法使いオトワが住む金色の谷間を訪ね、すぐに弟子入りを許された。

そんなシロガネよりも先に弟子入りしていたのが、同い年のマホロだった。

「シロガネかぁ。じゃあ、シロだ！　よろしくね、シロ！」

初対面でにっこり笑ってそう宣言したマホロに、シロガネは呆気《あっけ》にとられ、そして不愉快になった。

シロだなんて、まるでどこぞの犬の呼び名である。

幼い頃から天才と誉めそやされて育った御曹司《おんぞうし》のプライドは、魔法の塔より高かったのだ。

しかしマホロは、シロガネが嫌がっても気にせずシロ、シロと呼ぶ。

ある時、腹に据えかねたシロガネが「魔法の勝負で自分に勝ったら、好きに呼んでいい」と条件を出すと、マホロはあっさり承諾《しょうだく》した。

そしてシロガネは、人生初の敗北を喫したのだった。

それも、かなりあっけなく負けた。

一体どこの家の出身かと思えば、マホロは自分の両親が誰かもわからず、幼い頃に人間の夫婦に拾われ育てられてきたという。己が魔法使いであることも知らずに成長し、オトワに見出されてここへ来るまで誰からも魔法を教わることもなかったマホロは、その時間を取り戻そうとするかのように、恐ろしいほどの速さで学んだことを吸収していた。

天性の才能が一気に開花した彼の魔法は、型にはまらず自由だった。これまでシロガネが学んできた魔法の概念が崩れ去るほどに奔放《ほんぽう》で、それでいて力強い。

屈辱《くつじょく》と同時に生来の負けず嫌いが顔を出し、シロガネはマホロには負けまいと修業に励んだ。マホロもまた、驚異的な成長を見せるシロガネに触発され、一層自らの力を磨いていった。現在では、二人の勝負はほぼ互角の状態が続いている。

マホロは今でも、彼をシロと呼ぶ。

それは彼が親愛の情をもって呼びかける名であり、シロガネにとっても身に馴染《なじ》んだものになってしまった。何よりその名は彼を、新しい別の人間に生まれ変わらせてくれた。

この世で唯一の名を呼ぶマホロは、シロガネにとっても唯一の存在だ。

そして今日、三年に一度行われる魔法技能競技会、通称『魔法比べ』が開催される。二人はこの大会に参加するために、はるばる大陸中央部にあるこの魔法の塔へとやってきたのだ。

魔法比べは、能力を競い高め合うことによる魔法の平和的発展を目的とし、同時に過去への戒《いまし》め――魔法王国時代の過《あやま》ちを繰り返さないための祭典として開催されている。また、各魔法使いがその妙技を披露することで、自分を売り込み名を挙げるための場でもあった。

会場には魔法使い以外も観客として多くが詰めかけ、魔法使いたちの技に歓声を上げて盛り上がる。来賓《らいひん》として各国の王侯貴族も招かれており、大陸全土から人も物も集まる一大イベントだ。

出場資格は十四歳以上。前回開催時、十四歳になったばかりの二人はついに出場できると勇んでいたのだが、出発前日にシロガネが高熱で倒れてしまった。するとマホロは、あろうことか自分も出場を取りやめてしまったのだ。

一人でも行くべきだ、と熱にうなされながらも訴えるシロガネに対し、マホロはきっぱりと首を横に振った。

「シロがいなきゃ、意味ない。優勝したとしても、シロに勝たなくちゃ、本当の意味での優勝じゃないよ」

「……優勝する気満々かよ」

シロガネがガラガラの声で突っ込むと、マホロはいたずらっぽくにっと笑った。そうしてずっと、傍《そば》について看病してくれたのだ。

シロガネはその時、三年後には必ず二人で出場するのだ、と心に誓った。

「待ちに待った三年ぶりの魔法比べだからね！　どちらが勝っても、恨みっこなしだよ。ここで結果を残して、二人で絶対四大魔法使いになるんだ」

マホロが目を輝かせる。

四大魔法使いは魔法使いとしての最高の地位であり、この世で最も優れた魔法使いであるという証《あかし》だ。二人は折に触れて、自分たちもいつか必ずなるのだと誓い合っていた。

「じゃ、僕が西の魔法使いだな。師匠の後を継ぐ」

「えー、ずるいよ。僕も西がいい」

「マホロは南あたりにしろよ。あったかくていいんじゃないか」

「じゃあ、シロは北ね！　雪遊びができるよ」

「東って選択肢《し》はないのか」

「ない！　だって赤茶けた山の上で暮らすなんて嫌だよー」

二人はけらけら笑い出す。

東の魔法使いの城は、金色の谷間から最も遠い大陸の東端、赤銅《しゃくどう》の峯《みね》にある。そこは険しい山脈で知られていて、人が寄りつく場所ではないと聞く。

南の魔法使いは翠緑《すいりょく》の森に、北の魔法使いは黒の岬にそれぞれ城を構えている。シロガネもマホロも、ほかの三人の魔法使いや彼らの城を見たことはないので、どんなところか想像して好き勝手なことを言った。

「師匠、北、東、南の魔法使いはもういらしてるんですか？」

「まだ見ていないが、すでに集まっているだろう。私もそろそろ行かねば。今夜は暁《あかつき》祭があるから、四人で話し合わねばならないことがあってね。――競技中、私たちは特別室から見ているから、全力を尽くしなさい」

「はい！」

オトワの後ろ姿を見送ってから、マホロは興味津々《しんしん》といった顔で口を開く。

「暁祭かぁ。最初の魔法使いである魔女へ、六十六年に一度、感謝を捧げる祭り！　四大魔法使いしかその内容を知らないんだよね。どんな祭りなのか、文献にも一切載っていないし、師匠に聞いても教えてくれないし。気になるー」

「真夜中に海上で行われるってことしかわからないからな。前回その場に立ち会った魔法使いだって、もう全員この世にいない。師匠もまだ生まれてなかったはずだし、先代の西の魔法使いから口伝《くでん》で聞いただけらしい」

「ねぇシロ。今夜、こっそり覗《のぞ》きに行ってみない？　暁祭」

いたずらっぽく、マホロが提案する。

「本気か？」

「だって、この機会逃したら二度と見れないよ！　次の暁祭、六十六年後なんだから！その頃僕らもう八十三だよ？　生きてるか怪しいって」

好奇心旺盛《おうせい》な蜂蜜《はちみつ》色の瞳が、きらきら輝いている。

そして、そんな彼に負けず劣らず、シロガネもまたその好奇心を大いに刺激されているのだった。

六十六年に一度の秘祭。四大魔法使いだけが知る魔法の祭祀《さいし》。見たこともないような魔法を目にすることができるかもしれない。

「僕、調べたんだけどね。深夜零時に、烏輪《うりん》の入り江から船が出るのが慣例なんだって。そしてその船に乗れるのは、四大魔法使いだけ。あとは誰も、その先で何が行われるのか、見ることも聞くこともできないんだ。この船に、こっそり乗り込んでしまえば……」

「きっと、入り江のあたりは厳戒態勢だな。誰も勝手に入れないよう、制限されるはずだ。船だって、侵入者に対する魔法がかかっているかも……」

「でも僕たち二人が力を合わせれば、突破できると思わない？」

二人は視線を交わして、秘密の企《たくら》みににやっと笑う。

「あ、でもその前に、プレゼント見つけてよね」

「さくっと探し出してやるさ。行くぞマホロ。まずは魔法比べで勝負だ」

「受けて立つ！」

二人は笑いながら駆け出して、互いに我先にと競技場へと滑り込んだ。


巨大な円形競技場では、魔女の紋章を描いた旗が高々と掲げられ、大きくはためきながら人々を睥睨していた。

この日、大陸中から集まった大勢の観客でひしめきあう会場は、常にない熱気を孕《はら》んでいた。その中央に置かれた貴賓席には、各国の王侯貴族たちが陣取っており、さらにその上階部分には、特別室が突き出すように設置されている。魔法の硝子《ガラス》に覆われたその部屋には、赤い天鵞絨《ビロード》の椅子《いす》が四つだけ据えられている。ここが、四大魔法使いのための部屋なのだ。

観客席に囲まれた競技場の中央、魔法比べ参加者が居並ぶ中で、シロガネはその部屋に現れた四つの人影の中に見慣れたオトワの姿を確認した。

「師匠が見てるよ」

「あ、本当だ。おーい！」

マホロがぴょんぴょん飛び跳ねて手を振った。

しかしオトワはほかの魔法使いと何事か話し込んでいて、まったく気づいていない。

「全然こっち見てない」

「四大魔法使いが揃《そろ》うことは滅多にないから、話も盛り上がるんだろ」

「——シロガネじゃないか」

声をかけてきたのは、同年代の四人組の少年たちだった。

リーダー格と思《おぼ》しき鳶《とび》色の髪の少年が、うっすらと冷たい笑みを浮かべながら前に出る。

「久しぶりだな」

「シロ、知り合い？」

「さぁ……誰？」

首を傾《かし》げると、相手は中途半端な笑みをひくりと固まらせた。

「ソル家のナガレだ！　昔、何度もお前の家に行ったことがあっただろ！」

「……あー、ナガレね。よくあるナンパかと思ったよ」

「ナンパ……!?」

ナンパ師扱いされたナガレは、苛立《いらだ》った様子でシロガネを睨《にら》みつける。

シロガネの実家と付き合いのある、ソル家の長男だ。幼い頃、互いに親に連れられて何度か会った覚えがある。

天才だ神童だともてはやされるシロガネに対し、いつも嫉妬《しっと》して突っかかってきては、片手間で返り討ちにしてやった記憶しかない。ナガレも幼くして優秀な魔法使いではあったが、いかんせんシロガネという圧倒的な才能の前では霞《かす》んでしまっていた。

「お前確か、西の魔法使いの弟子になったんだったな」

「そうだけど」

「僕は今、南の魔法使いアトベ様を師としている」

「ふーん」

「昔の僕とは違う。この魔法比べで優勝し、薔薇《ばら》の騎士の称号をソル家に持ち帰る」

「ふーん」

薔薇の騎士とは、魔法比べ優勝者を指す呼び名だ。

明らかにつまらなそうに聞き流しているシロガネにさらに苛立ち、ナガレは拳《こぶし》を握りしめて眉を震わせた。

すると、二人の間にマホロがひょいと割り込んだ。場違いなほど、にこっと笑いかける。

「はじめまして、僕はマホロ。シロと同じ、西の魔法使いの弟子だよ。よろしくね、ナガレっち！」

ナガレはぽかんとしている。

マホロは気にせず、彼の手を握ってぶんぶん振り回し、勝手に握手した。

「ナガレっちって、シロの幼馴染《おさななじみ》なんだ？　ねぇ、昔のシロの話聞かせてよ！」

「は？」

「もちろん代わりに、僕もとっておきの最新面白話教えてあげるよ、どう？」

「なんだ、お前は。どこの家の者だ？」

マホロは思わずといったふうに噴き出した。

「懐かしい～！　初めて会った時のシロと同じ反応！　こんな感じでさ、ツンケンしてたよね、あの頃」

「嘘《うそ》だよ、ここまでじゃなかっただろ」

「自覚ないの？　そっくりそっくり。ええとね、僕は親を知らないから、家はわからないんだ」

するとナガレは、あからさまに蔑《さげす》みの色を浮かべた。

「西の魔法使いは一体、何を考えているんだ。出自もわからないやつを弟子にするなんて。四大魔法使いの権威に関わるぞ」

シロガネはつまらなそうに、肩を竦めてみせる。

「お喋《しゃべ》りが好きだねぇ、ナガレ。今日は君も僕も、魔法ですべてが物語れるんじゃないの？　僕らは魔法使いなんだからね。――これ以上の会話は、不要だと思わない？」

「……ふん」

ナガレはじろりとシロガネとマホロを睨みつけると、取り巻きであろうほかの三人を引き連れて、そのまま立ち去っていった。

「またね、ナガレっち！」

マホロは手を振ったが、ナガレは一切振り向かなかった。むしろさらに早足になって、肩を怒らせているのが遠目にもわかる。

「なんで〝ナガレっち〟？」

「え、ナガレっちって感じじゃない？」

よくわからなかったが、とりあえずそう呼ぶだけでナガレの悪印象が随分《ずいぶん》と緩和されたような気になるのは確かだった。こういうところが、マホロはすごいと思う。

「魔法使いって、みんな家柄を気にするよね」

「そうだな」

実際、シロガネもかつてはそうだった。マホロに出会うまでは。

「僕の両親、どこの誰だかはわからないけどさ、師匠はそんなの気にしなかった。魔法についてなんの知識もなくて、その力を暴走させて困ってた僕を引き取って、こうして学ばせてくれた。感謝してるんだ、本当に」

マホロを育ててくれた養父母は、すでにこの世にはいない。マホロが八歳の時、流行病《はやりやまい》で二人とも亡くなったという。マホロの力が暴走し始めたのはその頃からで、偶然彼の住む村を訪れたオトワが、弟子として引き取ったのだった。

マホロは彼方《かなた》にある硝子張りの部屋を見上げる。ちょうどオトワと目が合って、ぶんぶんと手を大きく振った。

オトワは少し苦笑するように、軽く手を振り返してくれる。

「師匠のためにも、僕が薔薇の騎士になるんだ。家なんか関係ないって、師匠の選択が間違っていなかったって、証明してみせるよ」

魔法比べは一次、二次、決勝の三段階に分けられる。

一次予選では三つの課題をこなし、その総合得点が高い三十名が二次予選へと進むことになる。決勝を除く予選内容は大会ごとに異なり、当日まで決して外部に漏れないよう極秘扱いとして準備される。

「これより、一次予選、第一課題を開始する」

会場に立つ審判たちは皆、魔法の塔に仕える魔法使いだ。彼らが開始を知らせる鐘を鳴らすと、シロガネもマホロも、それぞれ空の手の中に杖を現した。同様に、ほかの出場者たちも次々と杖を手にする。

杖は魔法を増幅させるとともに、制御を補助する道具だ。どんな魔法使いも、杖を手にすることで最大限の能力を発揮することができる。杖の材質や意匠は各々異なるが、長さや太さは概《おおむ》ね基本の規格に沿って魔道具師が作り上げたものだ。あとはそこに、持ち主の使い勝手のよいように調整が加えられる。

シロガネの杖は、実家にいた頃に自分に合わせて作ったものだ。樹齢千年の縹渺《ひょうびょう》木から削り出し、上部に三日月型に加工した鱗昏石《りんこんせき》と、その内側には青い浮水晶が配されている。マホロは、オトワが若い頃に使っていた杖を譲り受けていた。水中に根を張る雛房《すうほう》の木でできていて、らせん状に捩じれた杖の先に大きな夕蛍石《ゆうけいせき》が輝く。

突然、頭上に空を泳ぐ巨大な鯨《くじら》の群れが現れて、客席からは驚きの声が上がった。鯨の身体《からだ》は透き通っており、中はまったくの空洞だった。魔法で作られた鯨なのだ。

魔法鯨たちはその身を大きくくねらせながら急降下してきて、選手を一人ずつ、大きな口の中にぱくりと飲みこんでしまう。

「魔法鯨の体内は、強力な防御魔法によって作り上げられている。そこから、魔法を使って脱出せよ。方法は問わない。脱出時間の早い者から順に、高い得点がつく。それに加え、脱出方法に対しても独自性などの観点で加点することがある」

審判の説明が終わるか終わらないかのうちに、二頭の鯨から脱出した者があった。

シロガネとマホロだ。

シロガネは一瞬で鯨を吹き飛ばして出てきたし、マホロは鯨の口をこじ開けて飛び出すと、その鯨をよしよしと撫《な》でてやった。

あまりの早さに、会場中からどよめきが上がった。

脱出順位は同時と判定されたが、二人は納得がいかず互いに「僕が先だった」「僕のほうが早かった」などと言い合い始める。そうしている間に、ほかの選手たちも次々と脱出し始めた。その中にはナガレもいて、とっくに脱出しているシロガネたちを苛立ったように睨みつけた。

「——あっ、ねえ、あれ前回薔薇の騎士になったミロクさんじゃない？」

マホロがこそっと耳元で囁《ささや》く。

視線の先にいるのは二十代後半くらいの背の高い男で、その顔は確かに以前新聞記事で見たことがあった。なにしろ前回は熱のせいで寝込んで悔しい思いをしたため、魔法比べに関する記事をマホロと二人で相当読み漁ったのだ。だから、優勝者についてもよく覚えている。

「今回も出場するんだね」

「連覇《れんぱ》狙いなんだろ。残念ながら、無理だけど」

自分たちがいるから、とは口に出さなかったが、マホロは何が言いたいかわかったように頷《うなず》いた。

「そうだね。ロッキーの連覇、僕らが止めてやろう！」

（ロッキー……）

もう呼び名をつけてしまった。

「……それ、本人の前では呼ぶなよ」

二つ目の課題は、ランダムに決められた五人でのチーム戦だった。会場は大量の水で満たされ、競技場はまるで海のような様相を見せた。

「チームごとに船に乗り込んでもらう。船には、それぞれ旗が取り付けられている。他チームの旗を落とす、もしくは奪い取りながら、自チームの旗を守り抜くこと。自チームの旗を失ったら、その時点で失格。旗を守り抜くことができれば合格点、なおかつ他チームの旗を落とすか奪うかしたチームには、さらに加点を与える。ただし、浮遊の魔法は禁止だ」

魔法籤《くじ》の結果、シロガネはよりによってナガレと、そしてミロクと同じチームに組み分けされた。マホロは別チームで、彼以外全員女性である。そんな中でもマホロはいつもの調子で全員に呼び名をつけて、すっかり溶け込んでいるようだった。

ナガレがあからさまに嫌そうにしているので、シロガネはこのチームで果たしていい結果が残せるか疑問だった。一人で動くほうが楽だし、組むならマホロがよかった、と思う。

「船を動かしながら守る者と、攻撃に専念する者に分かれよう。この課題は、戦術も重要だ。互いに協力していこうじゃないか」

そう言って率先してチームをまとめ始めたのは、ミロクだった。

前回優勝者であり、チームの中で最年長でもあるミロクが取り仕切ることに、文句を言う者はいなかった。異論はなかったし、シロガネも彼の割り振りに従った。攻撃班はシロガネとミロクの二人、ナガレと残りの二人が防御に専念するという布陣だ。

開始の鐘が鳴り響く。

二十隻《せき》の船が浮かべられた競技場は、さながら実際の海戦の様相を呈《てい》していた。時折、魔法によって生み出された高波が押し寄せることもあり、船が転覆《てんぷく》しないよう制御する必要もあった。

ミロクはさすがに前回優勝者だけあって、相当な技量を見せた。彼はすぐにひとつの旗を燃やし、しかもその合間に、接近してきたほかの船からの攻撃を防御班より先に跳ね返してしまった。

（へぇ、やるな……）

シロガネも、旗を二つ落とした。ナガレもそれなりの働きを見せて旗を守り抜き、彼らの船は好成績で制限時間を迎えた。

マホロはというと、一人で三つの旗を奪い取っていて、シロガネに向かってこれみよがしに見せつけてくる。

悔しさを滲《にじ》ませながらも、シロガネは胸を張った。

「直接対決してたら、僕がそっちの旗を奪ってたよ」

「どうかなー。うちの船、チームワーク最高だったからなー。ねぇみんな？」

マホロと同チームだった女性陣は、そうだそうだと頷き合っている。

「マホちゃん、めっちゃ強いんだもん」

「ねぇ、結果がどうあれ、今夜みんなで集まって打ち上げしない？」

相当仲良くなったらしい。

マホロが名残惜《なごりお》しそうに彼女たちと別れた後、シロガネは思わず尋《たず》ねた。

「行くのか、打ち上げ？」

「彼女たちのお目当ては、シロだよ」

「は？」

「シロガネを一緒に連れて来てね、だってさ！　あーあ、女の子はいつも、僕じゃなくてシロばっかり見るんだから。引き立て役には慣れてるけどさ」

マホロは大袈裟《おおげさ》に嘆いてみせる。

「なんだそれ。行かないぞ、僕は」

「僕だって行かないよ。今朝の約束忘れたの？　今夜はやることがたくさんあるんだからね！」

三つ目の課題は、選手同士、一対一の対抗戦だった。相手の杖を落としたほうが勝ち、相手を傷つけるような魔法は禁止というルールだ。

シロガネの相手はユリという少女で、防御力に優れていたが、これはシロガネの圧勝に終わった。

マホロはナガレと対戦して、こちらも大いに余裕をもって勝利していた。

「じゃあ、これでナガレっちって呼んでいいよね！」

「ぐっ……」

敗北したナガレは屈辱に満ちた顔で、マホロに背を向け立ち去っていく。どうやら、シロガネ同様、勝ったらその呼び名を許すという約束だったらしい。

「待ってよナガレっち！　ねぇねぇ、シロガネの小さい頃の面白話は？」

「なんだよ、ついてくんなよ！」

「いいじゃん、ねぇ、教えてよ～」

「あいつのことなんか知るか！　くそむかつく思い出しかないわ！」

しかしその後の休憩時間、マホロは満足したように、謎の含み笑いを浮かべながら戻ってきた。

「なんだよ……？」

「ふふふ、聞いちゃったよー」

「な、何を聞いたんだ」

「秘密～」

結局マホロは教えてくれず、「ナガレっちって、面白いよねー」と同意しかねる感想を述べた。


休憩の後、一次通過者が発表された。

当然シロガネとマホロは上位通過していて、彼らを含め三十名が二次へと進んだ。ナガレとミロクも勝ち残っており、ここから決勝へ進む十名に絞られることになる。

二次予選が始まると、選手たちの前に連れてこられたのは一頭のユニコーンだった。その姿に、場内のあちこちからざわめきが起こる。

「ユニコーンだ！」

マホロが目を輝かせた。

本物のユニコーンを目にすることなど、滅多にない。彼らは基本的に人の前に姿を現さないし、この世で最速の脚《あし》を持つため捕まえることは非常に困難だ。その性格は獰猛《どうもう》であり、己より大きな生き物であってもその角で仕留めることができるほどに強い力を持つ。気位が高く、飼いならすことは叶わないが、ユニコーンがその力を認めた者であれば対等な契約を結ぶことは可能だという。

その純白の毛並みには、汚れひとつ見出せない。額から突き出た角は光が当たると美しい水晶のように透き通り、鬣《たてがみ》と尾は淡い虹色に輝いていた。

「ユニコーンの尾には、魔法の薔薇が結び付けられている。十本だ」

審判の説明に、選手たちははっとした。

十本の薔薇。

それは、魔法比べの決勝の象徴だ。

決勝戦は勝ち残った十名によって行われる。通称『薔薇の花束』と呼ばれていた。十名は各々、魔法で作られた薔薇を見える場所に身に着ける。大抵は胸や髪に挿すが、中にはこれまで、口に咥《くわ》えたという強者もいたらしい。この薔薇を奪い取り、十本の薔薇の花束を作り上げた者が勝者となる。他者が集めた薔薇を横から奪い取ることも許されるため、魔法による熾烈《しれつ》な争いが繰り広げられるこの決勝は、観客の熱狂を誘う最大の見せ場であった。

ここで勝者となった者を、手にした薔薇にちなんで薔薇の騎士と呼ぶのだ。

この『薔薇の花束』は、最古の魔法使いである魔女に常に付き従ったという伝説の騎士に由来している。その騎士は十本の薔薇を魔女に捧げ、彼女に忠誠を誓ったという言い伝えがあるのだ。その薔薇とは、十の国の暗喩《あんゆ》であるともいわれている。

「この薔薇を手にした十人が、決勝へ進む。ただし、ユニコーンを傷つけるような魔法は禁止だ。これを破った者は即刻失格とする。なお、会場には結界が張られている。ユニコーンは、客席や外に逃げることはできない」

始まりを告げる鐘が鳴った。

ユニコーンは狭い檻《おり》から解放され、自由に駆け始めた。揺れる七色の尾には、確かに薔薇が結わえ付けられている。しかし重さはまったく感じさせず、ユニコーンも己の尾に違和感を持つ素振りはなかった。

早速、ミロクが仕掛けた。杖を構え、ユニコーンを包囲する高い壁を出現させる。

しかしユニコーンは、軽々と壁を飛び越えてしまった。その脚はたったの一歩で山をも飛び越えるといわれているから、生半可な障害物では意味をなさないのだ。

先ほどマホロと同じチームだった女性二人が、協力態勢を敷いたのか二人で挟み込む作戦に出た。一人がユニコーンの前に立ちふさがって目くらましをかけ、もう一人が背後から近づく。しかしこれも、するりと躱《かわ》されてしまう。

必死の選手たちをあざ笑うかのように、優雅ともいえる足取りで軽やかに逃げていくユニコーンの姿を、マホロはうっとりと目で追っていた。

「綺麗《きれい》だなぁ。あんな生き物がこの世にいるって、奇跡みたいじゃない？　僕、竜も見てみたかったな。絶滅したっていうけれど、本当は生き残りの竜がいるんじゃないかとずっと思ってるんだよね。きっと人の姿で、どこかの街に紛れて暮らしてるんだよ」

マホロは常々、魔法使いとして独立したら希少な生物の保護活動をしたい、と話していた。ユニコーンや人魚、グリフィンといった特異な力を持つ生き物たちは、魔法使いと関係が深い。

「やっぱり、ユニコーンや竜が自由に駆けて飛び回ってる世界こそ、美しいよね。……あの子、捕らわれて連れてこられて気が立ってるんじゃないかな。檻に入れられるなんて、気位の高い彼らにしてみたら屈辱もののはず――」

マホロははっとして、言葉を切った。

ユニコーンに向けて、誰かが鋭い魔法の矢を放ったのだ。気づいたマホロはすぐさま杖を向け、ユニコーンの白い脚めがけて飛んだ矢を叩き落とす。

「何してるんだ！　傷つけるような魔法は禁止だと言われただろう！」

魔法を放った男に、怒気をはらんだ激しい口調で詰め寄る。いつだって笑顔を浮かべ決して怒ることのないマホロのその激高《げっこう》ぶりに、シロガネは驚く。

「あれくらい大丈夫だろ。少し足止めするだけで――」

「あれくらい？　お前の足も同じ魔法で射てやろうか！」

「マホロ！」

本当にやりかねない剣幕のマホロを、相手から引き離す。魔法を放った男は失格となり、審判によって退場させられていった。

「ああいうやつ、大嫌いだよ！」

マホロは怒りのあまり、顔を真っ赤にしている。

「うん、最低だ。けれど、やつは報《むく》いを受けた。あっけなく失格だ」

落ち着かせようと言葉をかけながらも、魔法比べが終わったらあの男を探し出して重しをつけて湖に突き落としておこう、とシロガネは思った。

するとその時、信じられない出来事が起きた。

ユニコーンが自ら、マホロの前に進み出てきたのだ。

煌《きら》めく美しい瞳が、じっとマホロを見つめている。逃げる様子もない。触れられるほど近づいてきたと思うと、匂いを嗅《か》ぐように鼻面をすり寄せる。驚いている周囲をよそに、マホロは優しくユニコーンを撫でてやった。そしてちゃっかりとその隙《すき》に、尾から薔薇を抜き取ってしまう。

ユニコーンはふいっとマホロに背を向けたと思うと、駆け去っていった。

選手も観客も、その光景に呆気《あっけ》にとられている。マホロもまた、驚きの表情を浮かべつつも、嬉《うれ》しそうにシロガネのほうを振り返った。

「もらっちゃった！」

「――なんだそれ！　そんなのありか!?」

ナガレが皆の気持ちを代弁して叫んだ。

呆然《ぼうぜん》とする選手たちの中で、シロガネだけは動いていた。

ユニコーンの背に、小さな鳥が止まる。無害そうに鳴く鳥に、ユニコーンは気にする素振りも見せなかった。その鳥はさりげない仕草で薔薇を咥えると、ぱっと飛び立ってシロガネが差し出した手の上にちょこんと降り立った。

薔薇を受け取ると、鳥はきらきらとした光の粒になって消えてしまう。シロガネが作り出した魔法の鳥だ。

シロガネの手にした薔薇に、マホロは歓声を上げた。

「二人とも決勝進出だー！」

「次は直接対決だよ、マホロ。絶対奪うから、それ」

にやりと笑う二人は、師に向けて意気揚々《ようよう》と薔薇を掲げてみせた。オトワがこちらを見ているのはわかったが、しかしその表情は何故《なぜ》か、笑っていないように思えた。

その後、ほかの選手たちもなんとか薔薇を手にして、決勝に残る十名が選出されたのだった。

決勝を前に一時間の休憩が入ると、選手たちも観客も各々会場の外へと溢れ出て行く。

シロガネとマホロは、二人で庭園のベンチに座っていた。といっても、マホロはシロガネの膝《ひざ》の上に頭を乗せて寝っ転がっている。マホロは時々、シロガネの隙を見ては彼の膝の上に陣取ってくる。これを阻《はば》むことができたらシロガネの勝ち、こうなったらシロガネの負けである。今日は隙をつかれたので、もう文句は言わずにそのままにしている。マホロは猫のように間延びした顔で、ごろごろしていた。

「決勝では、真剣勝負だからね」

「言っておくけど、僕はこの決勝のために必勝の魔法を編み出してある。破るのは難しいと思うよ」

「えー、何それ！　楽しみ～！」

木立の向こうから、オトワの姿が見えた。

「師匠！」

マホロが飛び起きる。

「師匠、ちゃんと見てました？　僕たちの雄姿！　決勝では必ず――」

「マホロ、少し話がある」

「え？」

「ついてきなさい」

有無を言わさぬオトワの口調に、マホロは戸惑った様子で目を瞬《またた》かせた。

「でも、これから決勝……」

「すぐに済む。――シロガネ、先に戻ってなさい」

オトワの表情はいつになく硬い。

マホロはもの言いたげにシロガネを振り返ったが、シロガネも困惑した顔で見送るしかなかった。

（なんだろう？　こんな時に、マホロだけ……）

残されたシロガネは、言われた通り一人競技場へと足を向ける。

観客たちも、続々と席へ戻り始めていた。やがて、開始五分前を知らせる鐘が鳴り響くと、決勝戦を控えた興奮が会場内に満ちていく。

決勝に出場する選手たちはすでに集まっていた。精神統一している者、そわそわと落ち着きのない者など様々だ。

マホロは、まだ戻ってこない。

（何やってるんだ）

落ち着かず何度も選手用の入り口に目を向けるシロガネに、傍にいたナガレが「緊張してるのか？」とせせら笑った。

結局、ナガレも決勝に進んだのだ。当然、ミロクも残っている。

「マホロが来ないんだよ」

「恥を掻《か》きたくなくて、逃げたんじゃないか」

「うるさいよ、ナガレっち」

ナガレによる猛烈な抗議は無視して、シロガネはじりじりしながらマホロが姿を見せるのを待った。

やがて四大魔法使いが揃って決勝進出者の前に現れると、会場中から歓声が沸き上がった。名前や功績は聞き及んでいても、実際に彼らを目にする機会などめったにない。あれが世界最高の魔法使いか、と誰もが興味津々だ。

そこにオトワがいるということは、マホロとの話はとっくに終わっているはずだ。

北の魔法使いが、拡声魔法を使って会場中にその声を響かせ、決勝戦の始まりを宣言した。四人の中で最も年長で、白髪の老女である。

「決勝は慣例に基づき、『薔薇の花束』を執り行う。各選手は薔薇を、相手から見える場所に身に着けるように。互いにこれを奪い、十本の薔薇を手にした者を勝者とする」

決勝戦のルールを改めて説明した北の魔法使いは、なお、と付け加えた。

「一名の棄権者が出たため、繰り上げで、二次予選で敗退したユリが一次予選のスコアに基づき、決勝に進むものとする」

（棄権者？）

シロガネははっとして、その場にいる顔ぶれを見回す。

全部で九名。そこに、ユリが入場し十名になった。

（マホロは？）

「それでは、決勝戦を始――」

「待ってください！　マホロがまだ来ていません！」

声を上げたシロガネに対し、北の魔法使いは表情を変えることもなく、「申したであろう」と言った。

「棄権者が出たのだ」

「マホロが!?　そんなはずない！」

「シロガネ」

オトワがいつになく厳しい声を上げた。

「マホロは棄権した。お前は、その分まで頑張りなさい」

「師匠……！」

信じられない思いで、シロガネは問いただす。

「マホロに、何かあったんですか!?」

「シロガネ、今は目の前の試合に集中しなさい」

開始を知らせる鐘が、無情に鳴り響く。

四人の魔法使いは姿を消し、残された決勝進出者たちは一斉に杖を取り出した。

ある者は宙に舞い上がり、ある者はすでに狙いを定めて突進する。

しかし、シロガネだけは違った。

呆然と立ち尽くしたまま、杖を手にすることすらしないでいる。

それを見たナガレが、すぐさま仕掛けた。シロガネに向かって、巨大な炎を放ったのだ。薔薇を奪うことよりも、これまで積もり積もったシロガネへの敵愾心《てきがいしん》が、先ほどの呼び方で爆発したようだった。

ところが、放った炎は途端に掻き消えてしまい、ナガレは戸惑った様子で己の杖を見下ろした。そして、ぴたりと動きを止める。

杖を動かすことができない。

杖だけではない。何かに絡めとられたように、身動きができなくなっていた。

ほかの魔法使いたちも、あちこちで手足の自由を奪われ彫像のように固まっていた。幾人かがしゃにむに放った魔法は、いずれも目の前で霧散《むさん》してしまっている。

皆が戸惑う中、宙に浮いた状態のまま動けなくなっているミロクが、この現象の正体に気づいたように呻《うめ》いた。

「これは……」

彼らの周囲に、隙間なく魔法の糸が張り巡らされているのだった。その糸に自由を奪われ、さらには放った魔法は糸によって切り刻まれてしまう。

ミロクはただ一人、杖も持たず立っているシロガネを見下ろした。

動きを止めた九人をよそに、シロガネだけは何にも遮《さえぎ》られることなく、その腕をついと上げた。その右手に、美しく揺らめく輝きを秘めた鳥が現れた。一羽飛び立ち二羽飛び立ち……全部で九羽の鳥がはばたいていく。

ほんの一瞬の間に、恐ろしい密度の魔法を辺り一面に敷き詰めたのはシロガネだった。

その見えない蜘蛛の糸に絡めとられた九人に向けて、放たれた九羽の鳥は目にも止まらぬ速さで飛び回り、彼らが身に着けていた薔薇をその嘴《くちばし》に咥えて戻ってくる。

シロガネの手の中に、九輪の薔薇のブーケができあがる。

それに、己の胸元に挿していた一輪を足して、十。

観客席からは、唸《うな》るようなどよめきが起きていた。あまりのことに、何が起きたのかわからないという者も多かった。

シロガネはただ立っているだけで、瞬く間に全員の薔薇を奪い取ったのだ。

しかも、杖を使うこともなく。

あまりに静かで、無駄がなく、あまりにあっけない結末。

それは後の世にも語り継がれる、史上最速の決勝戦であった。

同時に、魔法使いシロガネの名を魔法界だけでなく、人間の国にも轟《とどろ》かせる出来事となった。

「――勝者、シロガネ！」

大歓声が会場を揺らした。

地鳴りのようなその声を聞きながら、当のシロガネは、静かに怒りに震えていた。

（マホロなら——こんな魔法で負けたりしなかった）

もしこの場にマホロがいれば、必ずシロガネの魔法を破って対抗しただろう。こうしてあっさりと自分が薔薇の花束を手にすることなど、あり得なかったはずなのだ。

一体マホロは、どうして棄権などしたのか。

シロガネはそればかり考えていた。

表彰式では、決勝で手にした薔薇の花束を四大魔法使いが魔法で小さな銀のブローチに作り替え、優勝者に授与する。このブローチが薔薇の騎士の証であり名誉であったが、シロガネはそれを受け取っても、なんの感慨《かんがい》も湧かなかった。

笑顔ひとつ浮かべず、喜ぶ気配も見せないまま、表彰式が終了するや否《いな》や競技場を飛び出す。

祝福しようと集まってくる魔法使いたちを押しのけながら、急いで宿舎へと駆け戻った。

「マホロ！」

ベッドが二つ並んだ小さな部屋は、暗く静まり返っている。

マホロの姿はない。

置いてあったはずの彼の荷物も、すべて消えている。

「なんで……」

ドアの前で呆然と立ち尽くしていると、追ってきたオトワが肩に手をかけた。

「シロガネ」

ゆるゆると振り返り、師を見上げる。

「師匠……」

「祝いの宴《うたげ》が始まる。主役である薔薇の騎士のお前が――」

シロガネは思わず、縋《すが》るように摑《つか》みかかった。

「マホロは!? 一体何があったんですか、あいつはどこです!?」

「落ち着きなさい」

「こんなのはおかしい！ どうして――」

「マホロは……両親のところへ行った」

予想もしなかった言葉に、シロガネは動きを止めた。

「りょうしん……？」

「マホロの、実の両親が見つかったんだ。偶然魔法比べを見た父親が、彼こそが自分の息子だと気づいてね。母親が、病に臥《ふ》せっているのだそうだ。それですぐに会いに行きたいと、マホロが言い出した」

理解が追いつかなかった。

「は……？ そりゃ、見つかったならよかったし、嬉しいだろうけど……でも……だからって、こんな急に？ 魔法比べも棄権して、僕に何も言わず……」

「母親の容態が、相当悪いらしい。短い間でも、本当の家族と一緒に暮らしたいと。落ち着いたら、お前には必ず手紙を書くと言っていた」

「そんな……そんなの……」

摑んでいた手を放し、ふらふらと後退《あとずさ》る。

困惑を通り越して胸を突いたのは、寂しさと悔しさだった。

マホロにとって、実の両親が大切な存在であろうことはわかる。

だがこれまで、自分もまた、彼にとって大事な存在であると信じて疑わなかった。

マホロにとってシロガネは、両親が現れた途端、あっさりと切り捨てられる程度の人間だったのか。ともに語らった夢も、決勝で力を尽くして戦おうという約束も、一瞬で忘れてしまえるほど。

震えるシロガネを労《いたわ》るように、オトワは優しく背中を叩いた。

「私はこの後、暁祭の準備があるから宴には出られないが、お前は行きなさい。各国の王族や大使たちと顔を合わせるよい機会だ。宮廷魔法使いに、という誘いもあるだろうし、お前が今後どんな道を歩むにせよ、彼らとの繋がりを持つことは意味がある。——朝には戻る。明日中に金色の谷間に帰るから、支度をしておきなさい」

返事もないシロガネの頭を、そっと撫でる。

「すっかり遅くなってしまったが、優勝おめでとう。私はとても誇らしいよ。お前のことも……マホロのことも」

オトワは部屋を出ていった。

しばらく、シロガネはその場に立ち尽くし、動くことができなかった。

やがてふらふらとベッドに沈み込むように腰掛けると、俯《うつむ》いて頭を抱えこむ。

今日、魔法比べが始まる前には、こんなことになるとは想像もしていなかった。

マホロは普段と何も変わらなかった。隣のベッドで寝ていたマホロはいつも通り寝起きが悪くて、シロガネが叩いて起こしてやった。一緒に朝ごはんを食べながら、緊張する様子もなくにこにこと笑っていた。魔法比べの結果がどうあれ、今夜は互いを称《たた》えて酒を酌《く》み交わすつもりだったし、一緒に暁祭に忍び込もうといたずらっ子のように企んでいたではないか。

明日も、これからもずっと、マホロと一緒だと思っていた。

それがこんなふうに一人、置いていかれるなんて——。

——今年もプレゼントはばっちり隠してあるからね！　今日中に見つけてよね！

シロガネはふと、顔を上げた。

（そうだ、誕生日プレゼント……）

どこかに、マホロの隠したプレゼントがあるはずだった。

うまく隠せた、とほくそ笑んでいたマホロの顔。毎年、シロガネがプレゼントを見つけ出すと、嬉しそうに満面の笑みを浮かべるのだ。

一体、どこに何を隠したのか。

それはマホロから聞けなかった別れの言葉の代わりのように思えて、シロガネは縋るような思いで探し始めた。

隠し場所はいつだって、一筋縄ではいかないようなところだった。だから部屋の中といったわかりやすい場所に隠すとは思えなかったが、それでも一応、シロガネは探ってみる。難しい場所と思わせておいて、案外すぐ身近に隠している可能性も拭《ぬぐ》えない。備え付けの棚をすべて開け、ベッドの下も覗き込む。

すると、マホロのベッドの裏側に、一通の封筒が貼りつけられているのを発見した。入っていたカードにはマホロの字で、『窓』の文字が左右反転して書かれている。

(窓の……裏?)

部屋の窓を開けて、顔を出す。

すると窓枠の下に、また封筒が貼りつけられていた。

今度は、やたらめったら色んな文字が書かれている紙が出てきた。妙に細長い。

どうやら今年は、謎解き方式らしい。なぞなぞや暗号を辿っていくと、プレゼントのある場所まで案内されるのだろう。

紙に書かれた文字を眺めてみる。暗号ならば、なんらかの規則性があるのだろうか。しかしいろいろな法則を当てはめてみても、意味のある言葉は完成しない。

無意識に、銀の髪を指先でくるくるといじった。マホロによく注意される、彼の癖だった。

(なんだこれ。そもそも、どうしてこんなに細長い紙なんだ)

シロガネは、髪を巻き付けていた指の動きをぴたりと止めた。

（巻く……）

自分の杖を取り出し、その柄の部分に紙をくるくると巻き付けてやる。すると、横一列にならんだ文字が、意味を成した。

『入り口の花壇』

魔法の杖の太さは、概ね決まっている。恐らくマホロは、自分の杖にこの紙を巻き付けて暗号を作ったに違いない。シロガネのそれと、同じ太さであると知った上で。

部屋を出て、宿舎の入り口にある小さな花壇を掘り返してみる。今度は折りたたまれた便箋《びんせん》の入った瓶《びん》が出てきた。そうして謎を解いては指定場所を特定しながら、ひとつひとつ辿っていく。次は船着き場にある小屋、その次は庭園にある銅像――。

準備のために、このひとつひとつに瓶や封筒をこっそりと忍ばせているマホロの姿が目に浮かんだ。シロガネが謎解きに苦戦したり、あっちこっちへ走り回る様を想像しては、さぞかしほくそ笑んでいたことだろう。

銅像の背中に貼り付けられていた封筒を開くと、ふわりと虹色の蝶が一頭飛び出してきた。さらに、カードが一枚入っている。

そこには、暗号でもなんでもなく、『君の親友』とだけ書かれていた。

つまりマホロを探せ――ということだ。今年は例年とは異なり、本人から直接プレゼントを渡すつもりだったということだろうか。

『親友』という文字が、シロガネの胸を締め付けた。互いにそう口にしたことはないけれど、マホロも同じ思いでいてくれたのだ。

（でも、マホロはもういない。行ってしまった……）

　実の両親のもとへ。

　シロガネへのプレゼントを持ったまま──。

　そう考えて、じっと、そのカードを見つめた。

（……いや。そんなはず、あるか？）

　マホロとは、八年一緒にいたのだ。

　彼は約束を破ったりしないいし、いつだって人のことを先に気にかける。三年前の魔法比べですら、シロガネが一緒に出ないなら、と出場を止めてしまったような人物なのだ。

　シロガネに一言もなく棄権して、姿を消して、用意したプレゼントも渡さずに行ってしまう──そんなのは明らかに、マホロらしくない。何より、この誕生日イベントにはマホロが毎回並々ならぬ気合を入れているのを知っている。

　以前本人から聞いた話では、もともとマホロの育ての両親が、マホロの誕生日に毎年こうして祝ってくれていたのだという。本当の生まれた日はわからないから彼を引き取った日を誕生日として、家の中にプレゼントを隠しては、一生懸命になって探すマホロをにこにこと見守っていたらしい。その時間がとても幸福だったのだ、とマホロは懐かしそうに語った。

　シロガネに対して同じように誕生日を祝ってくれたのは、彼がシロガネを家族のように大切に思ってくれていたからだ。少なくともシロガネはそう思っていたし、自惚《うぬぼ》れていいという自信もあった。

封筒から現れた蝶は明らかに魔法で作られていて、燐光《りんこう》を零《こぼ》しながらシロガネの周りをひらひらと舞っている。そしてこっちだよ、と誘うように同じ方向へと飛んでは止まり、を繰り返した。

この蝶が、ただの添え物であるはずがない。マホロのことだから、きちんと意味があって封筒に入れたはずだ。

「……案内してるのか？　マホロのところへ？」

そうだよ、というように蝶はシロガネの頭上でくるくると旋回した。そしてまた、どこかへ飛んでいく素振りを見せる。

シロガネが後をついていくと、そのままふわりふわりと進み始めた。

オトワの話が本当なら、マホロはすでに魔法の塔から去っているはずだ。しかし蝶は塔の中に入ると、上へ上へとシロガネを誘った。

階段を駆け上がりながら、シロガネの中には疑念が募っていた。

（マホロのところへ行くんじゃないのか？）

階段は突然途切れていて、それ以上先へは進めなくなる。頭上を振り仰ぐと果てなく続く空間が、天に向かってどこまでも伸びていた。

その無限とも思える空洞の先にあるのは、塔の頂上——四大魔法使いのみ入ることの許される『賢人の間』だけだ。四大魔法使いたる銀の勲章《くんしょう》を持つ者にだけ、その部屋へと繋がる魔法の道が現れると聞く。塔の頂上は遠すぎて、どれだけ見上げてもその部屋の存在を確認することはできなかった。

だが蝶は、さらに上へと舞い上がる。目指すところは明らかだ。

やがて、遠ざかった蝶の姿は見えなくなってしまった。

シロガネは後を追おうと魔法で飛翔したが、すぐに上から押し返されるような力を感じて床に足をつける。もう一度試してみたが、やはり強制的に押し戻されてしまった。権限のない魔法使いが勝手に侵入できないよう、立ち入り禁止の魔法がかけられているのだろう。考えてみれば当然だ。

しかし、蝶は確かにこの先へと向かっていった。

(マホロが賢人の間にいるのか？　どうしてそんなところに……)

それとも、実はプレゼントを賢人の間へ隠してある、ということだろうか。もしそうであるとしたら、マホロの情熱と執念にいい加減脱帽する。

シロガネは階段を下りると、踊り場の窓を開いて身を乗り出した。

すでに夜は更《ふ》け、月のない星空が広がっている。今夜は新月だ。地上は遥か彼方に遠のき、魔法比べの余韻《よいん》を残し浮かれ騒ぐ人々が灯《とも》す明かりがそこここに垣間見えた。

シロガネは己の身体に魔力を行き渡らせ、小さな鳥の姿に変身する。翼を広げて窓から飛び出すと、塔の上に向かって一気にはばたいた。

うっすらと雲がかかる塔の頂上に、仄暗《ほのぐら》い明かりが灯っていた。賢人の間に、誰かいるのだ。

注意を払いながら、明かりの漏れる大きな窓を目指す。魔法使いならば、空を飛ぶ方法はいくらでもある。そう考えれば、塔の外側にも立ち入り禁止の魔法が巡らされている可能性は大いにあった。

辿り着いた塔の最上部は、南側の壁一面が大きな窓になっていた。ただしその格子窓《こうし》は嵌《は》め殺しで、開く仕様にはなっていない。窓の上部には大きな奴延鳥《ぬえ》の石像が左右対称に配置され、睨みをきかせていた。

「――己が任期に、暁祭を迎えることになるとはな」

シロガネは窓枠に止まり羽を休めると、漏れ聞こえてきた声に耳を澄ませた。

「六十六年に一度。四大魔法使いの座についたとて、この日に立ち会えない者も多い。我々は幸運です」

大きな暖炉《だんろ》が、赤々と燃えていた。それを囲むように、四人の人影がある。ある者は安楽椅子にゆったり腰掛け、ある者は立ち上がって酒を注いでいる。

暖炉の脇に背を預けるようにして立ちながら、じっと口を噤《つぐ》んでいるオトワの姿があった。その表情は暗い。

「後始末は問題ないのだろうな、オトワ」

オトワよりいくらか年上の、南の魔法使いが言った。

「身寄りがないとは聞いたが、誰ぞ行方を気にする者がいないとも限らぬ」

「……ご心配なく。私がすべて対処します」

「あの薔薇の騎士は？　決勝が始まる前、随分と気にかけていた様子であったが」

「実の両親が見つかり、引き取られたのだと話してあります。いずれにせよ、私の弟子ですのでお任せを」

胸の内がひやりとする。

聞き間違いでなければ、彼らが語っているのは、自分とマホロのことに思えてならない。

（なんだ……？　一体、何の話をしている）

「今年の薔薇の騎士は、真に見事であった。目にも止まらぬ速さの完璧な魔法展開と、何よりその威力の強さと規模、それに正確さ。いずれ必ず、この場に加わる者となるだろう」

「それ以上かもしれないわね。あれで十七とは、末恐ろしい」

「だが間違いなく、我ら魔法使いの未来を導く者」

「そのために、今宵《こよい》がある」

魔法使いたちは立ち上がった。

「――そろそろ刻限だ。行こう。務めを果たす時だ」

オトワが重い足取りで暖炉を離れ、一脚の大きな安楽椅子に近づいた。

窓に背を向けて置かれたその椅子には、最初、誰も座っていないと思った。

しかしよく見れば、わずかに足が覗いている。大きな背もたれのせいで、座った人物の姿は確認できない。

オトワが屈みこみ、その相手を抱き上げた。力なくされるがままとなっている小柄な人影に、シロガネは息を呑《の》む。

（マホロ……！）

マホロは固く目を閉じ、オトワの腕の中でぴくりとも動かない。

だらりと垂れた腕に、まさか死んでいるのか、と思ったが、わずかに胸が上下しているのが見えた。

眠っているだけのようだ。

（……師匠は、嘘をついた）

マホロは両親のもとへ行ったと、彼は話していた。

何故、四大魔法使いしか入れぬ場所に、マホロがいるのだ。

魔法使いたちは暖炉の炎の中へと、一人一人、身を屈めて潜り込んでいく。そこが魔法の道の入り口なのだろう、順番に部屋から姿を消していった。

最後にマホロを抱えたオトワが暖炉の中へと足を踏み入れた瞬間、思わずシロガネは叫んだ。

「師匠！　マホロ！」

追いかけなくてはならない。

シロガネは瞬時に人の姿に戻ると、杖を取り出し窓に向かって突きつけた。

魔力を杖に集中させたその瞬間、目の前に大きな影が飛び出してくる。石像だったはずの奴延鳥が二体、うぞうぞと這《は》うように塔を伝い、その身をくねらせながらシロガネの前に降りてきたのだった。

猿の顔、狸《たぬき》の胴体、前後の肢《あし》は虎、尾は蛇の怪物。闇《やみ》を切り裂くようなその鳴き声は、耳をつんざく。どうやら彼らが、外からの侵入者に対する塔の番人であるらしい。

奴延鳥の声に気づいたオトワが、こちらを振り返った。

一瞬、目が合う。

シロガネの姿に、オトワはわずかに表情を険しくした。

しかし何も言わずマホロを抱えたまま、暖炉の中へと消えてしまう。誰もいなくなった部屋はふっとすべての明かりが落ち、闇に包まれた。

「師匠！　待って！」

奴延鳥の攻撃を躱《かわ》しながら、どうしてだ、と叫びたくなった。

マホロに何かよくないことが起きている。それは確信だった。

シロガネは奴延鳥を吹き飛ばし、魔法の糸で塔に縛り付けた。呻く奴延鳥の声が響き渡る中、急いで塔から降下する。

今夜は暁祭。オトワたちはきっと、鳥輪の入り江へ向かったに違いない。そこから零時に船を出すのだと、マホロが話していた。

（今追いかければ、まだ間に合う！）

シロガネは八衢《やちまた》の門へと向かった。この魔法の塔で唯一、魔法の道に通じる場所だ。来るも帰るも、魔法使いたちは必ずこの門から出入りすることが定められていた。

「烏輪の入り江へ！」

シロガネが飛び込む。しかし、見えない壁に当たったたように、思い切りはじき返されてしまった。後方にごろごろと転がって倒れたシロガネは、痛みに呻いた。

幾度試しても、門を通ることができない。

暁祭の間、入り江に近づくことを禁じる魔法がかけられているようだった。

「くそっ」

鳥の翼で飛んでいくのでは、どう考えても間に合わない。

（魔法の道は使えない……ほかに、ほかに何か、移動できる方法……）

シロガネは身を翻《ひるがえ》し、競技場を目指した。

裏口から地下へと下りていく。薄暗い倉庫までやってくると、そこには今日の魔法比べで使われた船がずらりと並んでいた。中には破損したものもあり、そのまま横倒しになっている。さらに奥へと進んでいくと、シロガネは目的のものを見つけて足を止めた。

二次予選で選手たちを翻弄《ほんろう》した、ユニコーンだ。

鳥かごのような形の檻が、白い格子が流れるように優美な獣《けもの》を取り囲んでいる。中へと通じる扉は、どこにも見当たらない。

シロガネに気づくと、檻の中で寝そべっていたユニコーンは、ぴんと耳を立てて立ち上がった。

「やぁ、また会ったね」

警戒するユニコーンに、両手を挙げて害意のないことを示しながら、ゆっくりと近づいていく。

「悪いけど、助けてほしいんだ。マホロが大変なんだよ。マホロのこと、覚えてるだろう?」

蝶の入っていた封筒を取り出し、ユニコーンへ差し出した。

そこには、マホロの魔法の残滓《ざんし》が残っているはずだ。ユニコーンはその匂いを嗅《か》ぎ分けたらしい。いくらか嬉しそうに、鼻を動かす。

その様子に、ほっとする。

「彼のところまで乗せてほしいんだ。世界を瞬く間に駆ける君の脚なら、間に合うはず。――ああ、わかってる。君が背に誰かを乗せるなんて、我慢ならないって。だからこれは取引だ。代わりといってはなんだけど、目的の場所に着いたら君を自由にすると約束しよう。こんな檻に囲われているのは、君のプライドが許さないだろう?」

そう言うとシロガネは、ユニコーンの檻に触れた。この特殊な生き物を逃がさないため、複雑で強い魔法がかけられているのがわかる。だが、シロガネにしてみれば、その鍵を解除することはそう難しくはない。

杖を手に取り、檻へかざす。

「離れていて」

ユニコーンはわずかに後退った。

檻を構成する魔力を、練り上げられた糸を解くように丁寧に引き剝がしていく。はらはらと檻が溶け落ち、ぱんと砕け散った。

檻の呪縛から解放されたユニコーンは、悦《よろこ》びを表すように蹄《ひづめ》を鳴らす。その角が生き生きとした光沢を放った。

シロガネの願いをユニコーンが叶えてくれるのか、ここからは賭けだった。しかし、ユニコーンがその力を認めた者であれば対等な契約を結ぶことが可能——その習性が真実であれば、勝算はあった。

シロガネは二次予選で、彼の尾から薔薇を奪い取っている。それはユニコーンにとっては一種の敗北であり、シロガネの能力をある程度認めているはずだ。さらに、あのマホロへの振る舞いは、どう考えても自らを助けてくれた彼への礼だった。そんな義理堅さを持つというなら、檻から解放したシロガネに対しても、ある程度の返礼が見込めると思ったのだ。

ユニコーンはじっとシロガネを見つめている。まるで、見極めるように。

シロガネは怯《ひる》まず、その輝く大きな瞳を見返した。

やがてユニコーンは、少しだけ不服そうに鼻を鳴らしてから、わずかに首を下げた。

乗れ、ということだ。

「ありがとう！」

シロガネはそうっと、美しい鬣を撫でる。

「烏輪の入り江へ。そこにマホロがいる！」

背に飛び乗った途端、ユニコーンはいななきを上げ駆け出した。跳ねるように地下から脱出すると、一気に加速して夜の闇に大きく跳躍する。

視界は、恐ろしい速さで移り変わっていった。

暗い湖の水面を滑るように渡ったかと思うと、いつしか高く聳える山を越え、気がつけば深く広い森を抜けている。自分が前に進んでいくというよりも、世界が後ろに引っ張られていくようだった。シロガネは感嘆する。

（これが、世界で最も速い脚の景色）

「――最高だ！」

興奮して、思わず叫んだ。そして、マホロが一緒だったらよかったのに、と思う。きっと彼ならシロガネ以上に興奮して、そしてこう言う。世界は美しい――と。

瞬く間に風景は変わり、やがてシロガネは、烏輪の入り江を見下ろす岩壁の上に降り立っていた。

高い岩の壁に抱かれた小さな浜辺に、人影がいくつも蠢《うごめ》いているのが見える。あちこち明かりが灯っていて、それは松明《たいまつ》などではなく魔法使いたちが灯す光だとわかった。暁祭に立ち会えるのは四大魔法使いだけだが、この入り江では彼らを送り出す祭祀のため、幾人もの魔法使いたちが集まっているのだ。関係者以外を近づけないための、見張り役でもあるだろう。

海上には、一隻の大きな船が停泊している。

ユニコーンから下りると、シロガネはその鬣に頬《ほお》を埋《うず》めて抱き寄せた。

「ありがとう。——さぁ、もう自由だ。好きなところへ行って」

ひと鳴きすると、ユニコーンは軽やかに身を翻した。そしてほんの一息の間に遠ざかり、その影すら見えなくなってしまった。

闇の向こうから、鐘の音が響き渡る。

零時だ。

船が、静かに動き出す。

浜辺を見渡すが、マホロの姿は見当たらない。あの船に乗っているのだろうか。

（追いかけないと……）

海岸に立つ魔法使いたちは、各々小さな光を手に灯したまま無言で船を見送っていた。

彼らに見つからないよう、船に近づかなくてはならない。

ふと、入り江の岩陰《いわかげ》に人影があることに気がついた。それは明らかに、浜辺の魔法使いたちの目を逃れるようにして蹲《うずくま》っている。

（なんだ？）

それが何者であるか判別できた時、シロガネは呆気にとられた。

ナガレと、三人の取り巻きである。

どうやってここまで来たのか知らないが、どうやらマホロと同じことを考えたらしい。すなわち、秘されたこの謎の祭りをこっそり覗きに来たのだろう。

シロガネは彼らに気づかれないよう、密やかに背後に近づいていった。

「何も見えないじゃないか」

「誰も船に乗らなかったのに、もう出発するのか？」

「とっくに乗ってるんだろう。四大魔法使いなら、魔法の道を使うさ」

ひそひそと不満そうな呟《つぶや》きが聞こえる。

これは使える、と思った。

彼らが隠れている大岩に杖を向けると、一気に魔法で打ち砕く。突如《とつじょ》音を立てて崩れた岩の陰から四人の姿が露《あらわ》になると、船を見送っていた魔法使いたちが一斉に振り返った。

「何者だ！」

「——やべっ」

四人は慌《あわ》てて逃げ出した。ある者は飛翔し、ある者は獣に変身し、足並みも揃わずばらばらに散っていく。六十六年に一度という重要な祭りの場とあって、失敗は許されないと誰もが殺気立っているのか、魔法使いたちはただならぬ形相で彼らを追いかけ始めた。

ナガレたちが注意を引いているその隙に、シロガネは再び鳥に変身した。もはや海に意識を向けている者は誰もいない。見咎《とが》められることなく入り江を抜け、沖へ向かって翼をはためかせた。

やがて、暗い海を航行する船を眼下に捉《とら》えた。

波は穏やかだ。月もない海原《うなばら》を、船は一路南を目指して進んでいく。

あまり近づけば、気づかれる可能性が高い。なにしろあの船には、世界最高と称される四人の魔法使いが乗っているのだ。

シロガネは慎重に距離を取りながら、船を追い続けた。

（どこまで行くんだ？）

てっきり、少し沖に出てなんらかの祭祀を行ったら、すぐに戻るものだと思っていた。

だが船は陸からぐんぐんと遠ざかり、すでに出発地点の入り江は肉眼では確認できない。大きく思えた船も、今では広い海原に放り出された木の葉のように小さく頼りなげに見えた。

船はさらに、南へと進んでいく。明確な目的地があるのだろうか。

（マホロ……）

一体彼の身に、何が起きたのだろう。

あの船の中に、本当にマホロはいるのだろうか。今頃、どうしているだろう。

（師匠が一緒なんだから、大丈夫とは思うけど……）

それでも気になるのは、オトワがシロガネに嘘をついたことだった。何故そんな嘘をついたのだろう。こうなると、決勝を棄権したのが本当にマホロの意志であったのか、それも疑わしかった。

海の向こうに突然、小さな灯《あか》りが浮かび上がった。

シロガネは、はっとして目を凝《こ》らす。

空っぽの小舟が一艘《そう》、近づいてくるのが見えた。

舟の舳先《へさき》にはランプが高く吊るされており、赤い花びらのようなその美しい硝子細工の内で燃える炎は、明らかに魔法で生み出されたものだ。操る者のいない小舟は真っ直ぐに、四大魔法使いの乗る船へと向かっていく。

ゆらゆらと揺れるランプの灯りが、妖《あや》しく瞬いた。

(なんだ、これは?)

その時だった。

風をとらえていた翼が消え、重い腕に変わる。

「!?」

突如として、変身魔法が解けたのだった。

人間の姿に戻ったシロガネは慌てて浮遊しようとするが、強い力で引っ張られ、船へと引きずりおろされるように落下していく。

音を立てて甲板《かんぱん》に叩きつけられると、思わず呻き声を上げた。

「暁祭を汚すのはどこの馬鹿者かと思ったが……薔薇の騎士ではないか」

驚いた様子もなく、淡々《たんたん》とした声。

南の魔法使いが、身動きできずに倒れたままのシロガネを冷たく見下ろした。

「シロガネ……！」

オトワが駆け寄ってくる。

彼の後から、東と北の魔法使いも姿を見せた。

「師匠……！」

「シロガネ、こんなところで何をしている！　暁祭の掟《おきて》は知っているだろう！」

「マホロが両親のところへ行ったなんて、嘘でしょう！　どうしてあんなことを言ったんですか？　マホロはこの船にいるんですか？」

未熟な若者を非難する色を浮かべて、南の魔法使いがため息をついた。

「オトワ、そなたの不手際だぞ。だから言ったではないか」

「……ええ、わかっています」

北の魔法使いが、杖をシロガネに向ける。

「皆さん、そろそろ時間ですよ。この者の処罰は、後でゆっくりと考えましょう」

ぐんと身体が引っ張られたと思うと、船の帆柱にぶつかった。同時に重い鉄の鎖が生き物のように幾重にも身体に巻きついてくる。振り払おうとするが、さすがに四大魔法使いの魔法は侮《あなど》れないものだった。術式が複雑すぎる。時間をかければ無理ではないが、今この時には絶望的なほどに手ごわかった。

そのままシロガネを帆柱に括《くく》りつけてしまうと、北の魔法使いは彼を冷たく一瞥《いちべつ》した。

「暁祭が終わるまで、そこでおとなしくしていらっしゃい」

「師匠！　なんとか言ってください！」

しかしオトワは目を逸《そ》らして答えず、船内へと姿を消す。

やがて戻ってきた彼の腕の中には、マホロが抱えられていた。

「マホロ！」

マホロはやはり意識がなく、ぐったりと目を閉じている。

北の魔法使いが杖を振ると、マホロの身体はオトワの手を離れ宙に浮かび上がった。そのまま船の舳先を通り過ぎ、海上へと運ばれていく。

波間で待ち構えている小舟の中に、マホロはゆっくりと横たえられた。

「師匠、一体これはなんなんです！　マホロをどうする気ですか!?」

「静かにせよ！　これ以上この神聖な場を荒らすつもりなら……」

東の魔法使いが厳しい口調で、シロガネに杖を向けた。

オトワが二人の間に割って入る。

「私の弟子だ。勝手な真似は許さない」

「オトワ殿。万が一あなたの弟子のせいで今宵の祭に不首尾があれば、どうするおつもりか！」

「私が、きちんと言い聞かせる。――さぁ、杖を下ろされよ」

東の魔法使いは、不承不承《ふしょうぶしょう》引き下がった。

「シロガネ。おとなしくしているんだ。万が一あの三人を敵に回せば、私も守り切ることはできないぞ」

「師匠、どうしてあんなところにマホロを……！　何をしようとしているんです！　これが暁祭なんですか!?」

マホロを乗せた小舟が動き始めた。

船から離れ、もと来た方角へ粛々《しゆくしゆく》と戻っていく。

その様子を見つめながら、オトワは言った。

「マホロは……魔女の依《よ》り代《しろ》に選ばれたのだ」

シロガネは眉を寄せた。

「……依り代？」

南の魔法使いが声を荒らげた。

「オトワ、それ以上語ることは許されぬぞ！　これは四大魔法使いだけが代々――」

「この者はいずれ必ず、我らと同じ立場となる者。幸か不幸か、この事実を今目《ま》の当たりにするのなら、すべてを知り理解したほうがよいでしょう」

船を取り巻く波が、徐々に震え始める。

オトワを咎めた南の魔法使いも、そして北と東の魔法使いも、そちらに気を取られた。

舷《げん》に駆け寄り、固唾《かたず》を呑んでその様子を見守っている。

「シロガネ、魔女がこの世界で最初の魔法使いであることは、知っているだろう」

「それは……もちろん」

「何故、魔女と呼ばれると思う」

「それは、女性の魔法使いだからでしょう？」

「確かに、魔女は女性であったという。だが、それだけではない。魔女とは……決して触れてはならない、禁じられた〝魔の法〟に手を出した者のことだ」

「禁じられた……？」

「彼女は魔の法を発動させ、扉を開いた。これが、我ら魔法使いに魔力をもたらす、異世界へ通じる扉だ。〝魔の法〟によって彼女はこの世界に、魔法を初めてもたらしたのだ。……だが、魔の法を扱えば、その代償を身をもって払わなければならない。魔法を得た代わりに彼女の肉体は滅び、その魂《たましい》は永遠に深く暗い水底《みなそこ》に囚《とら》われた……」

波が、唸り声を上げている。

目の前に広がる海原が、急に意志を持ったように思えた。

「我々が操る魔力は、すべてこの魔女を媒介《ばいかい》してもたらされているのだ。開かれた扉から彼女を通じて、彼女の血統を受け継ぐ者だけに魔力が流れ込んでくる。扉を開く度、我らは魔女に触れ、交信しているといっていい。魔の法による代償は魔女がすべて背負い、我らは彼女を媒介することで、間接的にその力を得ることができる。彼女がいなければ、この世に魔法も、魔法使いも、存在し得ないのだ」

「媒介……？　魔女は、その〝魔の法〟によって、死んだのではないのですか？」

オトワは首を振った。

「魔女は、存在する——今も」

「まさか、魔女は不老不死を手に入れていたのですか？」

不老不死は、不可能の代名詞だ。

これまでも多くの魔法使いが、不老不死の術を編み出そうと研究を続けてきた。しかし、成功した者は一人としていない。

「不老不死……そう言えなくもないのかもしれない。魔女は、肉体を失った。だからこそ、今も生きている」

「？　どういうことです」

「彼女の肉体は失われた。だが魂だけでは、魔力を媒介することはできない。肉体が必要なんだ。そして彼女は——魔女は、失った身体の代わりに、別の身体に己の魂を込める方法を編み出した」

海を見つめていた三人の魔法使いが、どよめくのが聞こえた。

シロガネは、息を呑む。

海面が、音を立てて割れ始めたのだ。

マホロの乗る舟の眼前から、海水は割れ目に流れ落ちる巨大な滝となり、左右にじりじりと開けていく。世界が崩れ落ちるような轟音《ごうおん》が、耳に迫った。

「暁祭は六十六年に一度。何故、人の一生分ほどの間隔をあけて行われるのか……私は、真実を知った時にようやく、納得がいったのだ」

割れた海を見据えながら語るオトワの声は、わずかに震えている気がした。

「人の肉体は、いずれ必ず朽《く》ちていく。古くなれば、新たなものに替えなくてはならない」

シロガネは、肌が粟立《あわだ》つのを感じた。

「まさか……」

「暁祭は我らが始祖である魔女のための祭り——魔女が一度滅び、また復活するためのもの。六十六年ごとに、魔女は新たな命を得て生まれ変わる。これは、魔法を永遠のものにするために不可欠な——手続きなのだ」

海底に現れた、一筋の道。

その道の向こうには、一体何故そんなものが海底にあるのか、立派な門が聳え立っていた。昔何かの挿絵で見た古代の神殿のような、太い二本の円柱に支えられた、荘厳な白い門。その奥に、あるはずのない景色が垣間見えた。

美しく、瑞々《みずみず》しい生垣《いけがき》。

眩《まばゆ》い日の光を浴びた緑が輝いている。そう、日の光があるのだ。世界は夜の闇に包まれているというのに、四角く切り取られた門の向こう側には真昼のように明るい世界が覗いている。

生垣の中央には、鬱蒼《うっそう》とした緑に囲まれて、小さな赤い扉が見えた。

(扉……まさかあれが、魔法の扉?)

扉の傍で、人影が揺れている。

その人物は、ゆっくりと門をくぐってこちらの世界へと現れると、割れた海の道に立った。

少女だ。

シロガネと同年代の、光り輝く少女。長い巻き毛が、ゆらゆらと揺れている。

「あれが……魔女……」

呻くように、北の魔法使いが震える声を上げた。

「ああ、本当に……！」

南と東の魔法使いも、感極まったように膝をついたり身を乗り出したり、海の底から現れた人物から目が離せずにいる。

「魔女の……依り代……」

つまり魔女は、六十六年ごとに己の肉体を入れ替えているということなのか。

暁祭は、六十六年に一度、魔女に新たな身体を供給する儀式であり、魔女は古くなった身体を脱ぎ捨てて、新しい身体を手に入れ、また生き続ける……。

「じゃあ、じゃあ……まさか今回は、マホロの身体を乗っ取ろうっていうんですか？　なんで……なんでよりによって、マホロなんですか!?」

「依り代は、誰でもいいというものではない。条件がいくつか定められている。大量の魔力容量、魔法を操る才能、感受性の豊かさ、共感性の高さ……年齢は低ければ低いほど望ましい。自我が弱いほど、依り代としては魔女との親和性が高いからだ。そして魔法比べは、これを測るに最適な場だ」

シロガネは絶句した。

魔法比べは、魔法使いたちが己の力を最大限尽くしてぶつかり合い、その能力を競い合う場だと――そう思っていた。

「まさか魔法比べとは、もともとそのためのものなのですか？　生贄《いけにえ》にする子羊を見比べて、選別するための市場だったと……？」

オトワは、これには答えなかった。

「今回この適性に当てはまったのは、マホロとそれから――シロガネ、お前だった」

「は……？」

「二人とも、素晴らしい魔法使いだ。どちらが選ばれても遜色《そんしょく》ない。だが協議の結果、マホロが最も適任だと判断された。後顧の憂《うれ》いをなくすため、身寄りのない者が望ましいというのが理由だ」

「身寄りがない、って……」

愕然《がくぜん》とした。

まさか、と思いながら師の顔を見上げる。

――僕の両親、どこの誰だかはわからないけどさ、師匠はそんなの気にしなかった。

「じゃあ、親のいないマホロを引き取って、弟子にしたのは……」

初めから、依り代となることを見越してのことだったのか。

そう言いたげなシロガネに、オトワは険しい表情で否定した。

「それは違う、シロガネ！　私は、魔法の力に振り回され苦しんでいたマホロを救いたかった。ただ、本当に、それだけだった……」

白い門の向こうから緑の蔓《つる》が幾重にも伸びてきて、絨毯《じゅうたん》のように人影の足下を覆い尽くしていく。その触手のような蔓は小舟にまで到達し、マホロの身体を高々と持ち上げた。

「マホロ！」

シロガネは叫びながら、縛《いまし》めの魔法を解こうともがく。鎖をかけられてから、オトワと話しながらも少しずつ少しずつ、複雑な糸の結び目をほどくようにしてこの魔法の攻略を続けてきた。かつてないほどの集中力で、初めは果てしなく思えた解除までの道のりも、あともう少しというところまで来ている。

「師匠、やめさせてください！　お願いです、師匠！」

「媒介者たる魔女がいなければ、我ら魔法使いは二度と魔法を操ることはできなくなる。魔法を……魔法使いを、この世から消し去るわけにはいかないのだ。わかるだろう」

「マホロを生贄にして……!?　それでこの世に残る魔法なんて、そんな、そんなもの……！」

おぞましくて、吐き気がした。

そんなことになれば、自分は二度と、魔法を操る気になどなれないだろう。

「それだけではないのだ、シロガネ」

オトワは苦渋を滲ませる。

「我々は、魔力をその身に満たす時、扉を開くと表現する。だが実際には、扉はずっと開いているんだ。魔女の存在は、魔力に対する盾《たて》でもある。流れ込む魔力を媒介する魔女が消え去れば、導き手を失ったその魔の力がこの世界に拡散するだろう。それはもはや、意志を持たぬ野生の獣のようなもの、あるいは荒れ狂う嵐だ。その力がこの世界にどんな影響を及ぼすかは、誰にもわからない。そして魔女が媒介しなければ、魔法使いが魔力を操ることは不可能。つまり誰も、その嵐を止める術《すべ》をもたない。魔法とは、魔力とは――本来人の手に余る存在なのだ。魔女が行ったのは〝魔の法〟――決して開けてはならない扉を開く、危険で忌《い》むべき法だったのだから……！」

蔓によって運ばれたマホロの身体は、少女の前に恭《うやうや》しく捧げられた。

するとその時、彼女の額に何かが浮き上がった。

目だ。

三つめの目が、マホロを見下ろしている。

暗い光を湛《たた》えるその大きな金の瞳に、シロガネはぞっとした。先ほど目にしたユニコーンの瞳とは、まるで対極だ。ユニコーンの瞳には深い森のような静寂さと清らかさが満ちていたのに、魔女の第三の目には不穏な禍々《まがまが》しさが溢れている。

やがて彼女はマホロに被さるように、ひたと顔を寄せた。彼の赤い髪をかき上げるように撫でる仕草は、まるで愛《いと》しい恋人に触れているようだった。

その唇がゆっくりと、マホロの唇に重ねられる。

まるで、眠り姫を起こそうとする王子のキスだ。

途端にぐにゃり、と少女の姿が歪《ゆが》んだ。握りつぶされた紙のようにひしゃげた彼女の身体は、次の瞬間、崩れ落ちるように粉々にばらけた。灰となったその残滓が、一斉に舞い上がり、風に流されるようにさらさらと消えていく。

同時に、あたり一面に眩い真珠色の光が溢れ出し、シロガネは思わず目を瞑《つむ》った。

（マホロ！　マホロは!?）

必死で瞼《まぶた》を開く。

光の根源は、マホロの身体だ。

閉ざされていたマホロの瞼が、ゆっくりと開かれた。

生きている、とシロガネが安堵《あんど》したのも束の間。

どこかぼんやりした表情で上体を起こした彼の額に、突如亀裂《きれつ》のようなものが走った。

それは金のナイフで切られたように輝き、そして押し広げられていく。

シロガネは息を呑む。

そこには、先ほどの少女と同じように、第三の目がきょろりと見開いていた。

「……魔女」

思わず呻いた声は、わずかに震えた。

マホロだった者――魔女は立ち上がり、何事もなかったように海の道を門に向かって戻っていく。

「うまくいったのだ……魔女は、依り代に移られた！」

「ああ……なんと神々しい」

「これで我ら魔法使いの未来を、また繋ぐことができる……！」

魔法使いたちは滞《とどこお》りなく依り代が捧げられたことに安堵し、口々に快哉《かいさい》を叫んでいた。

オトワを除いて。

オトワは暗い表情で、魔女となったマホロの姿を見つめている。その拳は、きつく握りしめられていた。

もう、あれはマホロではない。

永遠を生きる、魔女なのだ。

彼女は新たな身体を手に入れ、生まれ変わった。これからの六十六年間をその身体で生き、そしてマホロの身体が朽ちたら、また新たな身体を求める――。

(冗談じゃない！)

「――そんなこと、誰がさせるかぁ！」

シロガネは力の限り叫んだ。

同時に、かけられていた縛めを完全に解き切ると、勢いよく船から飛び降りた。

「シロガネ！」

背後でオトワが声を上げるのが聞こえたが、シロガネは真っ直ぐに、海に現れた緑の道に向けて飛んだ。

その手に、杖を取り出す。

「マホロ！」

大声で叫んだ。

聞こえていないのか、マホロは門に向かって進んでいく。

その後ろに、ちらちらと輝く燐光が、紐《ひも》を引きずるように浮かんでいた。

蝶だ。

マホロが用意した、彼の居所を示す魔法の蝶。ついてきていたのか。

ひらひらと近づいていった蝶は、マホロの肩に止まった。

途端に、パチンと音を立てて、蝶は跡形もなく霧散してしまう。

マホロはそれを、気にする様子もない。

「マホロ！　行っちゃだめだ！」

シロガネは決勝で使った蜘蛛の糸の魔法を、マホロの周囲に隙間なく張り巡らせた。しかしこれはあっさりと打ち砕かれ、糸はバラバラに吹き飛ばされてしまう。今度は門の入り口を塞ごうと業火を放つが、それも一瞬で薙《な》ぎ払われてしまった。

シロガネは歯噛《はが》みした。

確かにマホロなら、シロガネの魔法に対抗できるだろう。

しかしこれは、何かが違う。

こちらの魔法が、相手にとってそよ風にもなっていない感覚。まるで赤子にでもなったような心もとなさ。すべて撫でるようにいなされてしまう。

門の前で、マホロがぴたりと立ち止まった。

ゆっくりと振り返った目が、シロガネを射貫いた。

ぞくり、と肌が粟立つ。

これは違う、と思った。

（マホロじゃない。もう、これは——）

分かたれていた海の水が、音を立てて崩れ落ち始める。勢いよく零れ落ちていく水の底に、道が沈み、埋もれていく。

祭りは、終わったのだ。

舞台の幕が引かれるように、左右から迫る瀑布《ばくふ》が白い門を覆い隠していく。マホロの姿は、すでに門の彼方に遠ざかっていた。

「マホロ！」

シロガネはそれでも追いかけた。

魔法で海水を切り裂き、必死に掻い潜る。

海底に沈み始めた門の向こうに、マホロの肉体を得た魔女が佇《たたず》んでいる。日の光を浴び、輝く緑の中に身を置きながら、こちらを見つめていた。

（魔女──僕たち魔法使いの、始まりの母）
押し寄せる波が、シロガネを飲み込んだ。
抗《あらが》えない巨大な力に翻弄される。息ができない。
圧倒的な奔流《ほんりゅう》がシロガネを押し戻し、マホロから遠ざかっていく。
（マホロ、マホロ……！）
いつも笑っていた、マホロの顔が浮かんだ。
プレゼントを隠した、と言ってほくそ笑んでいたのは、今朝のことだ。
いつもの誕生日みたいに、一緒に笑って過ごすはずだった。
（なんで──）
意識が遠のいていく。深い海に、沈んでいく。
それでも、手を伸ばした。
暗い闇の奥底で、七色の蝶が舞っているのを、見た気がした。
（マホロ──戻ってきて──マホロ）

打ち寄せる波が、銀の髪を揺らした。
柔らかな砂の感触と、ちゃぷちゃぷという水音に、シロガネは重い瞼を押し開いた。
太陽が顔を覗かせる前の、白々とした空が広がっている。

砂浜に打ち上げられたシロガネは、力なく横たわっていた。波がその身にゆるやかに押し寄せては、返っていく。

ふらふらと上体を起こした。頭がぼんやりとしていて、霞《かすみ》がかかったようだった。

海の彼方に、目を向ける。

昨夜のことは、すべてが夢だったのだろうか。

マホロを飲み込んだ海。

この海の底に、永遠を生きる魔女がいる。

シロガネは重い身体を動かし、ずるずると砂の上を這って進んだ。爪の中に、濡れた砂が食い込んでいく。

「マホロ……マホロ」

子どものようにその名を繰り返し呼びながら、ざぶざぶと海の中へと入っていった。やがて底が深くなると立ち上がり、一心不乱に両手で水を掻き分けた。

しかし、力の抜けた身体はあっけなく波に流され、砂浜まで押し返されてしまう。

半身を海に浸したまま、シロガネはぼんやりと座り込んだ。

もう一度、あの場所へ行かなくてはならない。マホロを救いに行くのだ。

だが、どうやって？　魔法を使って？

これまで使っていた魔法——扉の向こうからこの手に受けていた魔力。

それはすべて、何も知らず依り代とされた、幾人もの魔法使いたちの犠牲の上に成り立っていたということだ。

己の存在と、これまで操った魔法すべての忌まわしさに、眩暈《めまい》がした。

（魔の、法――）

何故そう呼ばれ、禁じられていたのか。

それは、決して手を出してはいけないものだったのだ。それほどに、おぞましい力だからだ。

四大魔法使いになろうと、マホロと約束していた。強い魔法使いに憧《あこが》れ、我こそは新たな時代を創《つく》る偉大な魔法使いになるのだと、息巻いて――。

魔法が、好きだったからだ。

シロガネは頭を抱え、耐え切れず呻いた。

パン！　と弾けるような音を上げて、シロガネの周囲に同心円状の光が溢れ出す。

「こんな、もの……」

シロガネは無意識のうちに、その身に宿した魔力を吐き出し始めていた。その威力に、海水は高い飛沫《しぶき》を上げて後退し、同時に足下の砂が大量に舞い上がる。大地は抉《えぐ》れるように大きく陥没《かんぼつ》して、シロガネの身体はその中に沈み込んだ。

割れんばかりの叫び声を上げながら、シロガネは次々と身の内にある魔力を解き放つ。

砂浜には次々と穴が開き、波は弾け飛び、岩場は崩れ落ちていく。

忌まわしいその力が、己の中に一滴としてあることが許せなかった。何より、それはマホロを犠牲にした力なのだった。

しかし唐突に、シロガネは動きを止めた。目を瞠《みは》り、耳を澄ます。

魔力の放出を止めたシロガネの上には、散った海水と砂が、雨のように降り注いでくる。

しかしそんなことは気にせず、シロガネは顔を上げた。白い頬に、泥水が打ちつける。

不思議な感覚が、彼を貫いていた。

すぐ傍に、懐かしい気配を感じた気がしたのだ。

いつも傍にいたマホロの魔法の感触は、誰よりよく知っている。それは肌触りのような、匂いのような、色のような、あらゆる五感をもってシロガネの記憶に刻まれている。

「……マホロ?」

シロガネは、震える右手を高く掲げた。

そこに、恐る恐る、魔法で小さな光を灯した。

シロガネは、息を呑む。

その光の中には確かに、慣れ親しんだマホロの気配があった。

——我々が操る魔力は、すべてこの魔女を媒介してもたらされているのだ。

——扉を開く度、我らは魔女に触れ、交信しているといっていい。

扉を開く。

それは魔法を使う、その第一歩目だ。

魔女が、それを媒介するというのなら——

「マホロ……」

菫《すみれ》色の瞳から、涙がこぼれ落ちる。

己の両手を広げ、そして確かめるように、ぎゅっと拳を握りしめた。

「君は……そこにいるのか」

魔法を使う、その度に。

握りしめた手を、誰かが包み込んでくれたような気がした。

誰かがすぐ傍に寄り添い、抱きしめてくれている感覚。

「う……うぅ……」

嗚咽《おえつ》を漏らしながら、シロガネは握りしめた拳を額に当てた。

（死んでない……マホロは生きてる。そこにいるんだ、この海の彼方に）

東の水平線から、太陽が昇り始める。

夜、一度死んだ太陽が復活する——それが朝だ。

暁祭。死と復活の儀式。

再生した太陽の輝きが砂浜を照らし出していくと、涙に濡れたシロガネの頬は朝露《あさつゆ》のように煌めいた。

シロガネはゆっくりと、顔を上げた。

その瞳に、強い決意の光を宿して。

「……待っていて、マホロ」

金色に輝く光の中で、シロガネの声が、海の彼方へと流れていく。

「必ず僕が……君を助け出すから」

波が、静かに押し寄せる。

その海の果てのどこかに、囚われの魔女が眠ることも知らないように。

八　額縁の向こう側

人々の笑いさざめく声、カップを置く軽やかな音、カトラリーが擦《こす》れ合う響き。

通り沿いに佇《たたず》むカフェのテラス席では、心地よい春の陽気に誘われた人々が、思い思いの時間を過ごしている。楽し気に語らうグループもあれば、一人静かに本を読みふけっている青年や、幸せそうに見つめ合う男女も見かけた。そのいずれも、この輝かしい芽吹きの季節に浮き立っているようだ。

通り抜けていく柔らかな風は、春の訪れを告げている。

人々を観察しながらテラス席に座っていたアオは、希望に満ちたような暖かな陽光に、眩《まぶ》しそうにわずかに目を細めた。

街路樹に咲き始めた甘やかな白い花や、待ちゆく人々の少し薄着になった装いとうきうきしたような足取りが、さらに春を認識させた。人というのは、暖かくなると嬉《うれ》しそうに微笑《ほほえ》むのだ。

目の前の丸テーブルには、カフェラテが注がれた真白いカップと、オレンジジュースのグラス。カフェラテはアオが注文したものだが、この席に座るには何かしら注文する必要があったから頼んだだけで、一口も飲んではいない。青銅人形の彼には、飲食の機能が備わっていないのだ。

ジュースはヒマワリのもので、中身は半分以上減っている。が、アオの向かいの椅子《いす》は空である。ヒマワリはひらひらと近づいてきた美しい蝶《ちょう》に夢中になって席を立ち、その後を追いかけてテラスの中を歩き回っていた。

「ヒマワリさん、遠くへ行ってはいけませんよ」

「はーい」

ヒマワリはしゃがみ込み、近くの植木にとまった蝶を凝視しながら返事をした。

この少年が島へやってきて、すでに二回目の春だった。

あの閉ざされた島の中で不満を言うでもなく過ごしているヒマワリだが、たまにこうして大陸への買い出しに連れてくると、いつも大はしゃぎだった。

（いつまでもこのままというわけには、いかないのでしょうけど）

ヒマワリは魔法使いだ。

現在はシロガネが残した魔法書によって独学でその技を習得しているが、本来は彼を正しく教え導く師が必要だった。シロガネが帰ってくれば、きっと快《こころよ》く師匠となってくれると思うが、彼が戻る気配はいまだない。

この少年の今後について時折クロと相談はしているものの、いつも結論は出ないまま、現状維持を選んでしまう。

いつの間にか、この少年を失うことを恐れるようになっている。きっと、クロもそうなのだ。

「あの、すみません」

振り返ると、うら若い女性が二人、アオに微笑みかけていた。

「こんにちは。このお店、よく来られてますよね？」

確かに買い出しに来た際には、この店のテラス席に座って時間を過ごすのがアオのお気に入りだった。

ここからは、通りを歩く人々の様子がよく見える。人間観察こそ、アオにとって最大の娯楽であり趣味であり、研究テーマと言っていい。それに、近くの席に座った人々の会話に耳を傾けるのも興味深かった。噂話《うわさばなし》に興じる奥様グループ、政治について意見をぶつけ合う男たち、愛を囁《ささや》き合うカップル――興味は尽きない。

ただ、注文した飲み物を毎回、飲まずに残して申し訳ないとは思っているが。

もしや彼女たちはこの店の関係者で、いつも注文するくせにカップに口もつけないことに苦言を呈《てい》しに来たのだろうか、とアオは危ぶんだ。

「実は、時々見かけてたんです」

「隣の席だったこともあって」

「私たち、通りの向こうの店でお針子してて、ここよく通るから」

どうやら店の関係者ではなさそうだ、とアオは安堵《あんど》した。

彼女たちの頰《ほお》はわずかに上気し、その目は輝いてうっとりとこちらを見つめている。

（ああ、そういうことですね）

意図を察したアオは、にこりと微笑んでみせた。

「そうでしたか」

その笑顔に、二人はわずかに息を呑《の》んで固まった。みるみる、顔が赤く染まる。

「あ、あの、よかったらご一緒してもいいですか？」

上目遣いに、アオの隣の椅子を指す。

つまり、ナンパというやつだ。

これはアオが買い出しに大陸へ来る際、かなりの高確率で遭遇する出来事であった。初めの頃こそ興味深いと思い、相手の話をいろいろ聞いたりしていたのだが、最近ではできるだけきっぱり断るようにしている。

というのも、一度相手をするとその後が大変だと、経験で学んだのだ。

「申し訳ありませんが――」

「アオ！　見て見て、捕まえた！」

ヒマワリが嬉しそうに、重ねた両手を差し出しながら駆けてくる。

女性たちは驚いたように、ヒマワリを見下ろした。ヒマワリも彼女たちに気づき、ぴたりと立ち止まる。その拍子にぱっと手を放してしまい、自由を得た蝶がふわりと空へ舞い上がった。

アオは足下に置いていた荷物を抱え、席を立った。食料に生活用品、クロに頼まれて引き取りに行ったシャツ――また新しく仕立てたのだ――などだ。

「すみませんが、もう出るところなので。ヒマワリさん、行きましょう」

ヒマワリの手を取り、女性たちの傍《そば》をすり抜けていく。

二人の話し声が微《かす》かに、耳に届いた。

「……え、子ども？」

「うそぉ、既婚者？」

「いつも一人だったのに！」

「でもでも、一人で育ててるのかも。それならまだチャンスが――」

ヒマワリがちらりと振り返って、その様子を窺《うかが》っている。

「知ってる人？」

「いいえ、初めてお会いしました」

「ふうん」

握ったヒマワリの手に、ぎゅっと力が込もった。

「アオ、いつか結婚する？」

「しませんよ。俺は人間ではありませんから」

「クロは？」

「クロさんは……どうでしょうね？」

アオは首を捻《ひね》った。

「竜が人間の花嫁を娶《めと》ったという物語もありますし……」

「やだ！」

「嫌ですか」

「ずっと三人で一緒に暮らすんだもん」

むくれた顔をしているヒマワリを見下ろして、これはどういう感情なのかと考えてみる。

「そうですか、だめですか」

それではシロガネが戻ってきて四人になったら、やっぱり嫌なのだろうか。

しばらくすると、ヒマワリは先ほどのことなど忘れたように、また機嫌よくあちこち店を覗《のぞ》き始めた。

「ねぇ、クロにお土産《みやげ》買っていこうよ」

「それはよい考えですね」

「えーとね、ジェリービーンズかー、お酒かー、あとは……」

唐突に、ヒマワリはぱっと手を放して駆け出した。

「ヒマワリさん、危ないですから走らないように！」

「アオ、ねぇ、これキラキラ！」

ヒマワリはとある店の出窓に飛びついた。

そこには輝く石のはめ込まれた小物入れや美しいレース、古ぼけてはいるが手の込んだ美しい人形などが陳列されている。この街に昔からあるアンティーク店だ。薄暗い店の奥には、テーブルや椅子、大きなキャビネットなどの家具も所せましと並んでいる。

「クロこういうの好きだよ！」

ヒマワリは窓にぴたりと顔を寄せて、紫色に輝くブローチを指さす。随分《ずいぶん》と年代物だろう、デザインは古いが、それでも中央にはめ込まれた大きなアメジストの輝きは霞《かす》むことがない。

「そうですねぇ、お好きだと思います。……ですが、お土産にするには少々お高いかと」

アオは提示されている値札に、眉を下げた。

シロガネの残した財産のおかげで特段不自由なく暮らしてはいるが、あまり散財するべきではない。

「――あっ」

ヒマワリが何かに気づいたように声を上げる。

「ねぇアオ。あれ、クロじゃない？」

「え？」

ヒマワリが指さしたのは、店の奥に飾られている一枚の肖像画だった。

そこには、一人の少年が描かれている。

それほど大きな絵ではない。少しくすんだ金の額縁に収められた、長方形のキャンバス。

描かれた黒髪の人物は、確かにどことなくクロと似通った容貌《ようぼう》に思われた。ただ、店内は明かりがついていないのではっきりとは確認できず、歪《ゆが》んだ硝子《ガラス》のはめ込まれた窓越しでは判別しがたかった。

「確かに、似ているような気がしますね」

「もっと近くで見てみよう！」

しかし入り口の扉には鍵がかかっているようで、ヒマワリは何度もガチャガチャと取っ手を引っ張った。

「おや、お休みのようですね」

「えぇー」

　アオは以前、この店に入ったことがある。高齢の男性が一人で営んでいて、どの品物について質問しても淀《よど》みなくその物語を語り出す、面白い人物であったと記憶している。

「こうした店は大抵不定休ですからね。仕方がありません。また次の機会にしましょう」

「次っていつ？」

「次の買い物の時に、お店が開いていれば」

「明日？」

「それは、早すぎますね」

「明後日《あさって》？」

「それも早いです。買い出しはおおよそ半月ごとですから……」

「それまでに売れちゃうかもしれないよ」

　窓に額《ひたい》をくっつけて、ヒマワリはじれったそうに中を覗き込んだ。

「絶対クロだよ。今より若いけど、絶対そうだよ。ねぇ、いつ描いたんだろう？」

　その時、店の裏のほうから人の声と、ガタガタと物音が聞こえてきた。

「どなたかいらっしゃるみたいですね」

　人がいるなら、少しだけ見せてもらえないか交渉できるかもしれない。

ヒマワリにここで待つよう言い残して、アオは裏手まで回り込んだ。店舗兼居住空間らしき母屋《おもや》と中庭を挟んだ倉庫が見え、そこから馬車に荷物を積み込んでいる男たちが忙しく動き回っている。

「あのう、すみません」

馬車の手前で指示を出している男に声をかけると、相手は驚いた様子でアオを見た。

「今日、お店はお休みですか？」

「ええ、そうなんです。すみませんね」

「申し訳ないのですが、ちょっと見せていただきたい品があるのです。少しだけお店に入らせていただけませんか？」

「悪いけど、急いでるんだ」

「随分と大荷物ですね」

「隣の市へ売りに行くんですよ」

「あのう、店主さんは？」

「体調が悪くてね、寝てるんだ。もう歳《とし》だからね」

「そうなんですか。あなたは？」

「俺は息子」

「お父様は中に？」

「ええ。さぁ、すみませんがまた来てくださいよ」

馬車に乗り込もうとする男に、アオはにこやかに言った。

「おかしいですね。こちらの店主には、娘さんしかいなかったはずですが」

男が、馬車にかけた手をわずかに止める。

「俺は義理の息子なんですよ。娘婿《むこ》」

「おや、そうでしたか。娘さんは随分遠い街へ嫁がれたと聞きましたが……ではお戻りなのですか。久しぶりですから、ご挨拶《あいさつ》をさせていただきましょう」

「あいつは来てないよ。子どもの世話があるから」

「名前は？」

「はい？」

「奥さんの名前です」

「なんなんだ、あんた」

「言えませんか？　言えませんよね。――だってこちらのご主人には、息子さんしかいませんからね」

そう告げた瞬間、男はナイフを取り出した。

切っ先をアオに向け、剣呑《けんのん》な表情で睨《にら》みつける。

「兄さん、声を出すなよ」

ほかの二人も、アオを囲んでじりじりと近づいてくる。

アオは彼らの顔を見回す。

「察するにあなた方は……泥棒さんでしょうか？」

店主の息子を騙《かた》り、倉庫から絵画や壺《つぼ》などを運び出す。昼間から堂々たる犯行である。

「静かにしろ。騒がなければ殺したりしない。俺たちが逃げるまで、中でおとなしくしていてもらうぞ」

男の一人が縄を取り出し、アオに近づいてくる。彼らが逃げる間、縛って閉じ込めておくつもりらしい。

アオはしかし、ひどく無造作に、目の前の男に手を伸ばした。

相手はナイフを振りかざしたが、アオはおもむろに片手で切っ先から握りこんでしまう。そのままあっさり、刃をめきょっと折り曲げた。アオの皮膚《ひふ》は、ナイフ程度で切れることはない。血が流れることも、痛みを感じることもなかった。

「……!?」

男たちが目を丸くして、息を呑んだのがわかった。

折れたナイフをぽいと投げ捨てるアオに、丸腰になった相手は思わず後退《あとずさ》る。武器はそれしか持っていなかったのか、必死になにか代わりになりそうなものを探して、目が泳いでいた。

アオはさりげない素振りで腕を回し、男を殴りつける。撫《な》でるくらいの感覚のつもりだったが、男の身体《からだ》は一瞬で倉庫まで弾き飛ばされた。音を立てて煉瓦《れんが》造りの壁に叩きつけられると、ひしゃげてめり込んだまま動かない。崩れた煉瓦が、その足下にバラバラと落ちて散らばった。

　他の二人は驚いて、ナイフを手にしながらもアオを警戒し、近づくのを躊躇《ためら》っていた。

「店主さんはご無事ですか？」

　男たちは問いには答えず、互いに視線を交わしている。一緒に飛び掛かるか、逃げるか、と相談したそうだった。

　その時、澄んだ声が響いた。

「ねぇ、アオー」

　アオははっとする。待ちきれなくなったのか、表で待たせていたはずのヒマワリがやってきたのだ。

「ヒマワリさん、来てはいけません！」

　いつになく厳しいアオの声に、現れたヒマワリはびくりとして足を止めた。

　しかし、遅かった。

　男の一人が、ヒマワリに飛びついたのだ。

　後ろから抱き込むようにしてその首にナイフを突きつけ、形勢逆転というようにアオにすごんでみせる。

「このガキに怪我させたくなかったら、おとなしくしろ！」

「あ、その台詞《せりふ》。本当に言う人がいるんですね！　小説によく出てきますけど、初めて聞きました！　定型文なんですか？」

アオは感心した。

男はいらっとしたように「ふざけてんのか？」と呟《つぶや》く。

「下がれ！　ほら！」

ヒマワリを盾《たて》にする男に、アオは言われるがままじりじり後退した。

「動くなよ、一歩でも動いたら、こいつが怪我するぞ」

男はナイフを、その細い首にぐっと押し当てる。

途端にヒマワリの目が、きらりと閃《ひらめ》いた気がした。瞳の奥に咲く花が、一気に鮮やかさを増す。

ヒマワリが魔法を使おうとしているのだ。

それに気がついたアオは、厳しい声で叫んだ。

「ヒマワリさん、約束したでしょう！　だめです！」

ヒマワリが、ぐっと何かを堪《こら》えるように唇を引き結んだ。

偽シロガネ事件後、島の外では絶対に魔法を使わないという約束を交わしている。ヒマワリもそれを思い出したのだろう。

ヒマワリは我慢するように、身を固くして堪えてみせた。魔法が発動しないことに、アオはほっとする。

そして安心させるよう、にこりと微笑んでみせた。

「大丈夫です、ヒマワリさん。すぐに終わらせます」

言うや否《いな》や、アオはぱっと地面を蹴《け》って跳び上がった。

そこからは、ほぼ一瞬の出来事だった。

ヒマワリにナイフを突きつけていた男の脳天めがけて、足を蹴り出す。相手の身体は吹っ飛び、仰《の》け反って倒れた。蹴った流れのまま身体をくるりと回転させ、最後の一人に向けて飛び掛かる。悲鳴を上げた男の首を摑《つか》み、持ち上げるとぶんと腕を振って地面に叩きつけた。

その場に立っているのは、アオとヒマワリだけになった。

青銅人形であるアオの身体能力は、人型を保っている時でも十分に人間離れしている。島の外でこんなことをする機会は滅多にないし、人に見られて人間ではないことを悟られることも避けたい。しかし今回は、致し方ないと判断した。

「ヒマワリさん、怪我してませんか？」

ヒマワリは呆気《あっけ》にとられたように、一人ぽつんと立ち尽くしていた。その身体が微かに震えているのに気づいて、アオは慌《あわ》てて駆け寄った。

「ヒマワリさん！」

抱きしめてやると、ヒマワリの瞳からはじわりと涙が浮かび上がった。

肩を震わせ小さく嗚咽《おえつ》を漏らすヒマワリは、ぎゅっとアオにしがみつく。

「すみません、怖かったですね、怖かったですね。一人にした俺が悪いんです」

ぐすぐすと泣くヒマワリの頭を、優しく撫でてやる。

「偉いですね、よく頑張りましたヒマワリさん。ちゃんと約束も守ってくれましたね」

ヒマワリは涙を拭《ぬぐ》いながらこくりと頷《うなず》く。

そして、少し恥ずかしそうに言った。

「僕が泣いたって、クロには言わないで」

そういうところは見栄を張りたいらしい。

「言いませんよ」

ようやく落ち着いたヒマワリを連れて、アオは裏口から母屋の中へと足を踏み入れた。

部屋の中では本物の店主が縛られ、猿轡《さるぐつわ》をされて転がっていた。

「――ああ、助かりました。本当に感謝いたします！」

縄を解いてやると、疲れ切った顔の白髪の老人は、アオの手を取り何度も何度も頭を下げた。

「突然店に押し入ってきて、ナイフを突きつけられて……。やつらはどうなったんです？」

「ご安心ください、泥棒さんたちは裏で伸びています。盗もうとしていた品に過不足がないか、確認していただけますか？」

男たちが持っていた縄でアオが伸びた三人を縛り上げている間、店主は馬車に積み込まれた荷を慎重に確認してから、ほっと息をついた。

「ああよかった、どれも傷もなく無事なようです。なんとお礼を申し上げたらよいか！

それにしても……」

意識を失っている男たちを眺め、店主は感心したように目を丸くする。

「お一人で彼らを？　なんともお強いんですなぁ」

「ええ、まぁ。たまたま、上手《うま》くいきました」

あまり騒がれると面倒である。街の警備隊を呼ばれる前に、退散したほうがいいだろう。

すると、ずっと腰のあたりにまとわりついていたヒマワリが、くいくいとアオの袖《そで》を引っ張った。

「ねぇアオ。あの絵！」

「あ、そうでした」

最初の目的をすっかり忘れていた。

「ご主人、我々はお店にある絵が見たくてやってきたのです。少し、近くで見せていただいても？」

「絵ですか？　ええ、もちろん構いません。どれでしょう？」

「奥にかかっていた、黒髪の少年の肖像画です」

店主は心得たように、店の中へと二人を招き入れた。

少し埃《ほこり》っぽいような独特の匂いのする店内は、年季の入った品々で溢《あふ》れている。ところどころ抜けたように空になっている場所があるのは、先ほどの盗人《ぬすびと》たちが持ち出した品があったのだろう。

「こちらですか？」

店主が示した絵は、カウンターの脇に飾られていた。一人の少年の胸から上が描かれていて、その印象的な青い瞳がじっとこちらを見つめている。

近づいた瞬間、額縁の向こうから大量の花びらが音を立てて溢れ出した。吹きつける風が、アオの青緑色の髪を大きく煽《あお》って波打たせる。

一瞬のうちに、花の渦に飲み込まれる。完全に視界が遮《さえぎ》られたあと、静かな風の音が響いた。

いつの間にかアオは、緑溢れる庭に一人、佇んでいた。

季節は初夏だろうか。晴れ渡った空から薄い絹のカーテンのような光が降り注ぎ、木々の陰影を足下に刻んでいる。その影がさわさわと風に揺れる度、世界が瞬《また》くように明滅する様は、なんともいえず美しかった。

(魔法画だったのですね)

これは、魔法を組み込んだ画材によって描かれた絵だ。魔法画は見る者をひととき、絵の中の世界へと誘《いざな》う。

大きな木の下に、一人の少年が立っていた。

黒髪の少年は、いくらかあどけなさが残りながらも、美しく品のよい顔立ちにはどことなく威厳があった。

(クロさん……?)

その面差《おもざ》しは、クロに似ている。彼が今よりも若かった頃、人で言えば十六、七歳くらいに見える時分は、きっとこんな姿だったに違いない。

少年はこちらに気がつくと、ふうわりと微笑んだ。

愛《いと》おしい者を慈《いつく》しむような、喜びと幸福に満ち溢れた微笑みは、花がほころぶようだ。

そして、こちらへ来い、というように優しく手を差し出す。

アオは思わず、誘われるがままに一歩前に出た。

途端に、幕が下りたように真っ暗になる。

庭は消え去った。

埃っぽいアンティーク店の中に立っている自分を認識する。

あの少年は、額縁の中で微笑んでいた。

同じ体験をしたのだろう、ヒマワリはぽうっとなったように絵を見つめていて、そして我に返るとアオの袖を引っ張った。

「ねぇ、あれ、クロ？　きっと昔のクロだよね？」

「うーん、確かによく似ていますが。あんなふうに笑うクロさん、見たことがないもので、なんだか別人のような……。ご主人、この絵はどうしてここに？」

「これは先日仕入れたばかりのものですよ。魔法絵師の方が、師匠の代から倉庫に眠っている絵を整理したいと仰《おつしや》ったので、それで何枚か買わせていただいたんです。この絵が描かれたのは、百四十年ほど前だそうです。さる貴族のご婦人からの依頼で描かれたのですが、そのご婦人がお亡くなりになった時に遺言で、この絵を描いた絵師の手元に戻すようにと指示していたらしいんです。しかしその絵師もすでにこの世になく、弟子が預かって、それからずっと倉庫に眠っていたとか。この少年の美しさ、こちらを愛おしむような優しい微笑みがなんともいえないでしょう。一目で気に入りました」

竜の寿命は長く、成長速度も人間とは異なる。百四十年前といえば、クロがこれくらいの見た目であってもおかしくはない。

「描かれた少年について、何か記録などは？」

「さぁ、それはわかりません。その依頼主のご婦人は生涯独身だったそうですから、息子ではないでしょうし。実は隠し子がいて、絵姿で心を慰めていたのか。あるいは初恋の人か……想像が膨らみますね」

ふふ、と店主は笑った。

「ただいまー！」

ヒマワリの声が響く。

帰ってきたらしい、とクロは寝転がっていたソファから身体を起こした。

居間に飛び込んできたヒマワリと、その後ろから荷物を抱えて姿を見せたアオに、「遅かったな」と声をかけた。すでに日が傾き始めている。

「すみません、ちょっとした騒ぎに巻き込まれてしまって。泥棒さんを捕まえたんですよ」

「変なことに首突っ込むなよ」

「今日のは不可抗力です」

「クロ！　見て、これ見て！」

ヒマワリが興奮したように、何やら四角い包みを抱えてクロに差し出した。

「なんだ？」

「お土産！　ねぇ、見て！」

ヒマワリは期待に目を輝かせ、妙にそわそわとしている。

開けたら何か飛び出てくる玩具《おもちゃ》かなにかだろうか、とクロは警戒した。

「泥棒を捕まえたお礼にと、いただいたんです」

「ふぅん？」

クロは包みの布を無造作に解いていく。

金箔《きんぱく》が施《ほどこ》された額縁が現れて、どうやら絵らしいと思った。

肖像画だ。

黒髪の、少年。

クロは息を呑んだ。

次の瞬間、吹きつける花びらに包まれた。

絵の中へと引きずり込まれる。

光溢れる緑の庭。

傍《かたわ》らには、見覚えのある屋敷の白壁。

木の下に、少年が立っている。

(――俺だ)

年若い自分が、微笑みかけてきた。

まるで、恋人に向けるような、優しく愛おしそうな眼差《まなざ》しで――。

息が詰まった。胸が押しつぶされそうで、思わず目を閉じる。

一瞬で現実に戻された。

恐る恐る、瞼《まぶた》を開く。

わくわくした面持《おもも》ちでこちらを覗き込んでいるヒマワリの顔が、すぐ傍にある。少し離れたところで、アオがその様子を見守っていた。

二人の姿を確認して、クロは頭の中を整理した。

ここは終島《はてじま》の古城で、目の前にいるのは、青銅人形のアオと、記憶喪失の少年ヒマワリ。

そして自分は――クロだ。

「ねーねー、これクロでしょ?　絶対そうだよね?」

「こんな絵、誰が……どこで」

この姿の自分を、この屋敷のこの庭にいる自分を、知っている者など限られる。

「泥棒の被害にあったアンティーク店に、飾られていたものなんですよ。最近仕入れたんだそうで、もとはとある貴族の女性の持ち物だったそうですよ。若い頃、魔法絵師に依頼して描かせたそうで、死ぬまでずっと大事に飾っていたのだとか」

「貴族の、女性……」

「だいたい百四十年ほど前のことだそうですが。お心当たりありますか？」

クロは絵を持つ手に、ぎゅっと力を込めた。

無言で立ち上がると、それを抱え上げて部屋を後にする。

「クロ、どこ行くの⁉」

「クロさん、お夕飯は……」

返事もせずに、クロは足早に廊下を進んでいった。

裏の井戸に向かいながら、思い出していた。

かつて、自分を取り巻いていた世界。

カグラと呼ばれていたあの頃。

そこにいた、二人の人間の姿を。


竜は、古来から北の大地を支配していたという。

彼らの始まりは北方に聳《そび》える巨大な火山であり、炎の中から生まれ出でたと伝説には記されている。

隣接する人間たちの国とも友好関係を保ち、共存して暮らしていた。竜の力をもって人間を助けることもあれば、人間がその知恵でもって竜を助けることもあった。竜がその伴《はん》侶《りょ》に人間を選ぶことも時折あったようで、そんな異類婚姻譚《こんいんたん》はいくつかの物語の中で語られている。

カグラの姉カンナもまた、人間の青年と恋に落ちた。

幼かったカグラはいつも、歳の離れた姉についてまわっていた。

竜の成長は人間とは速度が異なる。個体差もあるが、カグラの場合十五歳の時点で、人間の十歳ほどとそう変わらない体軀《たいく》であった。一方、すでに成年の姉の姿は、人でいうと二十歳《はたち》前後だった。

うるさくまとわりつく幼い弟を、カンナは嫌な顔ひとつせず可愛《かわい》がっていたし、彼女の恋人ホズミもまた、実の弟のように世話を焼いてくれた。

二人のことが、カグラは大好きだった。

後から知ったことだが、ホズミは人間の貴族階級にあり、家督を継ぐべき長男だった。よって竜であるカンナとの関係は、決して喜ばしいこととはみなされなかったらしい。

これまで竜と結ばれた人間というのはほとんどが女性で、竜のもとへ嫁入りするのが慣例であった。竜が人間のもとへ嫁いだり、婿《むこ》入りすることはない。

何故《なぜ》なら、寿命が違いすぎるからだ。

人間の世界で暮らせば、必ず伴侶《はんりょ》は先に命が絶えて竜だけが取り残される。そして二人の間に子があれば、その子は竜の特性を持つことになる。竜形となる者もあれば、鱗《うろこ》の生えた人の姿となる場合もあり、寿命もやはり長い。竜の国でならそんな子どもも受け入れられるが、人の世界ではその特異性故《ゆえ》に、幸せになることは難しかった。

だから竜の娘と人間の男が結ばれるならば、自然、人間側が竜のもとへ婿入りすることになる。

ホズミが家を捨てて竜のもとへ婿入りすることを、彼の両親は強く反対したらしい。それは当然のことだろうとカグラは思ったし、時折姉が、ホズミとの将来について悩んでいた理由にもようやく思い至った。幸せそうに見えていた二人にも、命の長さや立場の違いによる壁があったのだ。

南の国で疫病《えきびょう》が流行《はや》り出したのは、そんな頃だった。

それは恐ろしい速さで、大陸中に蔓延《まんえん》していった。ひたひたと広がる見えない脅威《きょうい》に人々は怯《おび》え、閉じこもり、あるいは逃げ出していった。

竜の血は、万病に効く。

その事実は、人間に対しては固く秘されていた。もし知られれば、必ず争いになるとわかっていたからだ。

ところが、その事実は突如《とつじょ》として人間たちの知るところとなってしまった。世界中で人々が疫病に倒れている、この最悪のタイミングで。

事の起こりは、姉の恋人であるホズミが疫病にかかり、死に瀕《ひん》したことだった。

ホズミの死が迫る中、カンナは掟《おきて》を破り、己の血を彼に飲ませてしまったのだ。

急激に回復したホズミを、周囲の人々は訝《いぶか》しんだ。そして、カンナとホズミの会話を密かに盗み聞いた医師が、ついに竜の血の効能を知ってしまったのだ。

特効薬もなく死体が積み上がり続ける中、人々は藁《わら》にも縋《すが》る思いで竜の血を求めた。

人間たちは狡猾《こうかつ》だった。長年友好関係を保っていた隣接する国の王は、竜の血が万病に効く薬であると知ったことを隠し、友の顔をして竜の長《おさ》たちを招いて宴《うたげ》を開いた。竜は人と会う時、礼儀として人の形を取る。地下へと通された彼らは、そこで眠り薬の入った酒を飲まされ虐殺《ぎゃくさつ》された。ある者は反撃しようと巨大な竜の姿に戻ろうとしたが、狭い地下空間で変化すれば身動きがとれなくなり、瓦礫《がれき》に埋まることになった。

その中には、カグラの両親もいた。

長を失った竜の国には、彼らを狩ろうとする人間たちが押し寄せてきた。ある者は炎を吐いて抵抗し、ある者は逃げた。最後の一頭まで竜を狩ろうとする軍勢が迫る中、カンナとカグラは後者を選んだ。

人の形をしていれば竜とはわからず、人間に紛れて生き延びられる。カンナはそう言って、幼い弟の手を引いた。

そんな逃亡生活の中、カグラは隠れ住んだ森の中で、倒木の下敷きになっている少年を見つけた。カンナは近くの町へ食料の調達のために出かけていて、カグラは決して森から出るなと言い含められていた。カグラが人間離れした力で倒木を持ち上げてやると、その少年は泣きながら礼を言って、足を引きずり去っていった。

ところがやがて、少年から話を聞いた町の人々が、人に化けた竜が森に潜んでいることに気づいたのだった。

「竜だ！　竜がいるぞ！　探せ！」

領主が率いる軍勢に町の住人たちも総出で加わり、狩りが始まった。カグラとカンナは、やがて人間たちに包囲された。

「逃げて、カグラ！」

竜の姿に変化したカンナは、炎を吐き出す。

「ホズミのところへ行くの！　彼ならきっと、助けてくれる……！」

姉さんも一緒に、とカグラは泣きながら叫んだ。

「これはすべて、私の罪よ。──でも、お前だけは絶対に死なせないわ」

姉は、誰より美しい黒竜だった。炎を吐きながら人間たちに立ち向かう彼女の姿を、カグラは振り返って目に焼き付けた。

やがて深い森を抜けながら、遠く竜の甲高《かんだか》い鳴き声を聞いた気がした。あれが、姉の断末魔であったのかもしれない。

その町の広場に竜の亡骸《なきがら》が運び込まれ、流れた血を求めて人々が殺到したと、後に耳にした。

カンナの死を知ったホズミは呆然《ぼうぜん》としながらも、逃げてきたカグラを匿《かくま》ってくれた。

カグラは泣きながら、ホズミを何度も詰《なじ》った。

「お前のせいだ！　お前がいなければ、こんなことにはならなかったのに……！」

殴られても引っ掻《か》かれても、ホズミはすべて受け止めて、泣きながらカグラを抱きしめ続けた。

本当にカグラが許せなかったのは、自分自身だった。

カグラとホズミは互いに共犯だ。二人の存在が、カンナを死に至らしめた。

そして同時にその罪の重さと絶望を、唯一共有できる存在でもあったのだった。


ホズミの両親は疫病で亡くなっており、彼が当主となったその家で、カグラは育てられた。

カンナ亡き後、ホズミはまるで罪滅ぼしのように、辛抱強くカグラの面倒を見た。

一方のカグラは、竜の一族が殺されるきっかけをつくったホズミに対し、頑《かたく》なな態度を取り続けていた。それでも、彼のことが大好きだった気持ちが消えたわけでもなく、また姉の思い出を共有するたった一人の相手であるホズミから、離れることもできなかった。

カグラは疫病で親を失った孤児として、竜であることを隠して育てられた。しばらくは、それでよかった。

だが、竜の成長は人間とは時間軸が異なる。数年が経《た》ち、いつまでもほとんど成長しないカグラのことを、使用人たちが噂するようになった。

ホズミは人里離れた小さな屋敷を用意し、そこにカグラを隠した。時折ホズミも屋敷を訪れ、遊んでくれたり話を聞かせてくれたりするが、大半の時間をカグラは一人で過ごすことになった。

やがてホズミの訪問は、三日に一度から、週に一度になり、半月に一度、月に一度……と減っていく。

ホズミは、結婚したのだった。

相手は人間の女。

これほどの裏切りはなかった。

カンナをもう忘れてしまうのかと泣いて殴りつけるカグラに、ホズミはただ黙って、されるがままになっていた。

殺してやる、と思った。

竜の姿に変化して、ホズミの屋敷ごと相手の女も焼き払ってやろう、と幾度も思った。

しかし、できなかった。

姉のために怒っているのだと言い訳しながら、本当は、ホズミが自分から離れていってしまったことが寂しかった。自分より大事なものができたことが許せなかった。

結局カグラは、それから何十年もの間、ホズミの訪れを待つだけの日々を送ることになる。それは千年の命を持つ彼の人生においてはほんの一時のことであったはずだが、カグラにとっては忘れることのできない、長く苦しい年月だった。

ツツジがその少年に出会ったのは、十六歳の春のことだ。

杖をつく祖父に連れられていった森の奥の小さな白壁の屋敷は、まるで秘密の隠れ家のようにひっそりと緑の中に埋もれていた。

そこに、カグラはいた。

祖父が、彼女を紹介する。

「孫娘のツツジだ」

窓から差し込む光が少年の美しい黒髪を鋼のように輝かせ、麗《うるわ》しい青い瞳に謎めく陰影を刻んでいる。

鋭いその目にじっと見つめられると、ツツジは気後《きおく》れした。

こんなにも綺麗《きれい》な男の子は、初めて見た。

カグラという名のその少年は、一見してツツジと同じ年頃にしか思えない。

しかし、ツツジは祖父から真実を聞かされていた。

彼は人間ではない。その正体は、すでに六十年以上生き続ける竜なのだ。

それは祖父が、何十年にもわたって一人で抱えてきた大きな秘密だった。

彼の息子、つまりツツジの父にすら、カグラのことは一度も語らなかったという。

それはそうだろうな、とツツジは思った。

父は商才に長《た》けた人で、恐ろしく現実的な合理主義者だった。絶滅した竜のことはおとぎ話だと思っているし、ツツジが妖精の話でもしようものなら、くだらないと吐き捨てるような人だ。昔から祖父と父は反りが合わないらしく、二人が会話らしい会話をしているのをほとんど見たことがなかった。

一方のツツジは、家族の中で誰より祖父と気が合った。祖父の語る昔話を聞くのが好きで、幼い頃はよく、お話をしてほしいと膝《ひざ》に乗ってせがんだものだ。

先日、その祖父が倒れた。

高齢の祖父は、いつ万が一のことがあってもおかしくはない。

その際、枕元で看病するツツジに祖父が言ったのだ。お前に託したいものがある、と。

初めて知った、祖父が抱え続けた秘密。

その正体が今、目の前にある。

ツツジはか細い声で、こんにちは、と挨拶した。

目の前の少年と自分の、落差がひどい、と思う。

栗《くり》色のおさげ髪に、頬に散ったそばかす。少し金色が混じったようなその目だけは祖父のホズミに似ているツツジは、あかぬけない痩《や》せっぽちの少女であった。

カグラは冷えた瞳で、ツツジをねめつけた。

（これが、竜……）

思わず、ツツジは息を詰める。

祖父の優しい手が、力づけるように肩を抱いてくれた。

「これからは、このツツジがお前の世話をする。事情はすべて話してあるから心配いらない。この子は賢いし、誠実で優しい子だ。お前をしっかり支えてくれるだろう」

「――はっ」

カグラは皮肉っぽく笑った。

「つまり、この小娘に俺を押し付けてお前は手を引くと言うのか、ホズミ?」

「カグラ」

「いい加減面倒になったか? こんな人間のふりをした化け物を匿うのは、こりごりだろうからな」

「カグラ」

祖父の声は、どこまでも穏やかだった。

「私も、もう歳だ。いつ何があってもおかしくはない。この屋敷はツツジに譲渡するよう手続きは済ませてあるから、私が死んでもお前はこのままここで――」

突然カグラが、手近にあった本を投げつけた。

祖父のすぐ脇の壁に当たった本は、音を立てて冷たい床に落ちる。

祖父はふう、と小さく息をついた。

「これきりここへ来ないというわけじゃない。ただ、間隔は随分開いてしまうだろう。この身体が、なかなか思うように動かなくてね」

「許さない」

カグラは叫んだ。

「お前は、たった七十年生きただけで死ぬというのか！」

「……人の命は短いんだ、カグラ」

ギッと祖父を睨みつける少年は、泣き出しそうに見えた。

「出て行け！」

カグラはまた、別の本を投げた。

「二度と来るな！　お前の老いぼれた顔など見たくない！」

祖父は悲しそうに微笑んだ。

「また来るよ。――行こう、ツツジ」

ツツジは飛んできた本を拾い上げると、二冊重ねて机の上に置いた。

「あの、何かご入用のものがあれば、次にこちらへ来た時に――」

「うるさい！　お前なんか！　早く出てけ！」

ぴしゃりとはねつけられ、ツツジは身を竦《すく》めた。

ぺこりと頭を下げると、逃げるように祖父とともに屋敷を出ていった。

それが、カグラとの出会いだった。

ツツジがカグラのもとを訪れるのは、月に二度。

普段は通いの使用人が一人いて、小さな屋敷を回してくれている。そんな使用人も、三年で交代させるようにとホズミには言われていた。

カグラの成長は、人に比べて遅い。何年経っても大人にならないことに気づかない程度で、人を入れ替える必要があるのだ。使用人たちは大抵、この少年のことをホズミが愛人に産ませた隠し子だと思っているようだった。

屋敷を訪ねるツツジに対して、カグラはいつも素っ気なかった。

話しかけてもほとんど返事はなく、ツツジを見るや否や背を向けて本を読んだり、庭に出ていってしまったりする。

ただ、ツツジは気づいていた。

彼女が訪れる度、一瞬、カグラの視線が彷徨《さまよ》う。

ツツジの後ろに、誰かの姿を探している。

そして、ツツジが一人であるとわかると、目を逸《そ》らす。

祖父が会いに来るのを、彼はずっと待ち続けているのだ。

――カグラの顔を見ると、彼女を思い出す。

カグラについてツツジに語った時、祖父はそう言って遠い目をした。

かつての恋人。自分にその血を与えたことで、竜の破滅をもたらした女性。最後に、カグラを託していった人。

祖父は今でも、彼女のことを忘れていないのだ。カグラを通して、ずっと一緒に生きてきたのだ。

いまだ恋を知らないツツジにとって、それはとても甘美で素敵なことに思えた。そんなふうに、永遠のような恋がしてみたい。

「こんにちは。この間仕立てた上着が届きましたよ」

ある日、ツツジが真新しい群青《ぐんじょう》色の上着を抱えて屋敷を訪ねると、カグラはホズミの姿がないと見て取り、無言で部屋を出ていってしまった。

そんな対応にも慣れたツツジは、ため息をついて上着を衣装箪笥《だんす》へとしまった。カグラは身に着けるものには大層こだわりを持っていて、毎年新しい服を仕立てる。この鳥かごのような屋敷で長い年月を過ごす中での、彼にとって唯一の道楽のようなものなのだろう。祖父からも、金に糸目はつけず彼の好きなようにさせろと言われている。

以前仕立て屋をこの屋敷へと同行させた際、採寸の間ずっと、ツツジは部屋の隅《すみ》でその様子を静かに見守っていたことがある。おとなしくされるがままのカグラの、すっと上げられた両手、少し反らした顎《あご》、いつもよりほんの少し、楽しそうな瞳――思わず見入ってしまったのを思い出す。そんなふうに長い間彼を眺めることは、普段なら決してできないことだった。

カグラは、本当に綺麗だ。

ほんのちょっと腕を上げるだけで、わずかに瞬《まばた》きをするだけで、唇が少し開くだけで、なんだか気持ちがざわざわとしてしまう。

そんなことを思い出しながら、ふと窓の外に目を向ける。ちょうどカグラが一人、庭を歩いていくのが見えた。

彼はそのまま、暗い森へと入っていく。

見上げれば遠い空に、黒い雲が近づいていた。空気もどこか湿り気を感じる。

雨が降りそうだ。

(濡れてしまう……)

ツツジは傘を手にすると、駆け足でカグラを追いかけた。

遠くに見える白い影のような姿が、木立の向こうへとゆっくり分け入っていく。カグラはよく、一人でこの森を散歩している。勝手知ったる様子で細い小川を飛び越え、窪地《くぼち》を抜け、奥へ奥へと進んでいった。

ツツジは声をかけることを躊躇《ちゅうちょ》したまま、彼に気づかれない程度の距離を保ってついていった。勝手に後をつけてきたことを、怒られるかもしれない。

雨は、まだ降らない。

(雨が降ったら、その時に声をかけよう。傘を持ってきたと言えば、怒ったりしないはず……)

足下に、撫子《なでしこ》の花が揺れていた。

目を引かれ、思わず立ち止まる。

昔から好きな花だ。控えめで派手さはないものの、清楚《せいそ》で凜《りん》としていて美しい。帰りに摘んでいこうか、と思いながら顔を上げる。

ツツジははっとした。いつの間にか、カグラの姿が消えているのだ。

「え……」

目を離したのは、ほんの一瞬のことだったのに。

慌てて周囲を見回し、おおよその見当をつけて探し始めた。しかしどこまで行っても、求める姿は見つからない。あの美しい、ほっそりとしたシルエット。いつも目で追っていたくなる、あの姿がそこに現れてほしいと願いながら、あたふたと駆けまわる。

やがて歩き疲れたツツジは足を止め、一本の木にもたれかかるように手をついて、大きくため息をついた。

一体何をやっているのだろう。

（帰ろう……）

来た道を引き返す。

しかし、追いかけることに夢中ではっきりと道を覚えておらず、すぐにどちらへ向かえばいいのかわからなくなってしまった。

行ったり来たりしながら、心細さが募り思わず胸が震えた。

傘を握る手に、ぐっと力を込める。

空は暗く、風に揺れる木々がざわざわと頭上で不穏な音を立てた。鳴き声を上げて烏《からす》が飛び立っていく。そんな些細《ささい》なことに、いちいちびくりと身体を震わせてしまう。

ツツジは足早に、来た道を探して歩き回った。

どんくさい子、と幼い頃からよく言われた。ツツジには兄が一人いる。彼は両親の期待通りに優秀で、明るくてなんでも器用にこなす人気者だ。一方、内向的なツツジは何をやらせてもだめな子、とため息をつかれることのほうが多い。

唯一彼女を認めてくれたのが、祖父だった。

――お前はいつも注意深く、よく考えてから言葉を口にする。どんなことにも努力を惜しまず、謙虚《けんきょ》だ。人が嫌がるようなことも、文句も言わずにやる。素晴らしいと思うよ。

そうして十六歳になった頃、祖父は不思議な少年の話を打ち明けてくれた。

彼を、ツツジに託したいと言う。

――ただし、誰にも彼のことを話してはいけない。生涯かけて、その存在を守り続けなくてはならないよ。そしてお前が死んだ後も、彼が何不自由なく生きていけるようにしてほしい。

祖父が自分を信頼してくれたことが、何より嬉しかった。

ただ、ツツジには自信がなかった。

カグラはツツジのことを認めようとしない。存在すら、ないものとして扱われる。

両親や、兄のように。

「――あっ」

盛り上がった木の根に足をとられ、ツツジは前のめりに倒れこんだ。

「痛……」

顔をしかめ、ゆっくりと起き上がる。

咄嗟《とっさ》に手をついたため、掌《てのひら》を思い切り擦《す》りむいてしまった。膝も痛む。

こんなふうに転ぶのは、子どもの時以来だ。

（いい歳をして、みっともない）

血が滲《にじ》む掌を、じっと見下ろす。涙がじわりと浮かびそうになって、必死に堪えた。

痛みのせいではない。ひどく情けなくなったのだ。

転がった傘に、手を伸ばす。

その手の先に、見覚えのある黒い靴が現れた。

はっと顔を上げると、いつの間にかそこには、カグラが立っていた。

冷たい目で彼女を見下ろすその姿に、ツツジは息を止めた。

ぽつり、と雨が頬を打つ。

降り出した雨を感じながら、ツツジは蹲《うずくま》ったまま、カグラを見つめていた。彼がこんなふうに、自分を真っ直ぐに見てくれたのは初めてだ。

「こんなところで何をしてる」

話しかけられた事実にすら、驚いた。

返事ができず、ツツジは口ごもってしまう。

「あ、あの、ええと……あなたに、か、傘を」

握っていた傘を、慌てて差し出す。

「雨が、降りそうだったから……」

カグラは傘に視線を向け、片眉をわずかに上げた。

「一本だけか？」

「え？　……ええ」

（そうだ、どうして二本持ってこなかったんだろう）

カグラの分、としか考えていなかった。自分の傘がない。

雨脚《あまあし》が強くなってきて、カグラは空を見上げた。彼の艶《つや》やかな黒い髪から、雨水が滴《したた》り落ちる。そんな光景すら、美しい瞬間だった。

「ど、どうぞ」

立ち上がって、傘を開く。

カグラの頭上にさしてやると、彼はじっとツツジを見返した。

あの綺麗な青い目の中に、自分が映っている。

それが奇跡のように思えて、ツツジはぼんやりとその様子を見つめた。

しかしカグラは傘を持たず、そのまま身を翻《ひるがえ》してしまう。

「ま、待って」

傘を手に、ツツジは慌てて追いかけた。

「使ってください」

カグラは手に取ろうとしない。仕方なく、ツツジは彼に傘をさしかけたまま、なんとかついていこうと必死に歩いた。

息を切らして歩くツツジに対し、少しだけ、カグラが歩幅を緩めたのがわかった。

拒否されていないとわかり、ほっとする。それと同時に、胸がいっぱいになった。

そっと彼の顔を盗み見る。

その横顔が、こんなに近くにある。彼の息遣いが聞こえてきそうなほどに。

屋敷まで、歩いたのはほんのわずかな時間だった。

何を話したわけでもない。

ただ、隣を歩いただけだった。

それでもツツジにとっては、永遠のようにも思える幸福な時間だった。

やがて森の向こうに白壁の屋敷が見えてくると、密かに落胆《らくたん》した。道に迷った時には心細くて早く帰りたいと思ったのに、今はもっと森で迷っていたかった。カグラと、二人で。

雨は小降りになっている。

カグラが足を止めた。

どうしたのだろう、と見上げると、驚いたように目を見開いている。ツツジが彼の視線を辿《たど》ると、その先に人影があった。

（あれは……）

そう思った瞬間、カグラは傘から飛び出した。

彼の向かう先に、黒い大きな傘をさした祖父が一人、庭に佇んでいる。

ツツジは驚いた。ここを彼が訪ねるのは半年ぶりだ。ずっと体調が悪くて、寝込んでいたはずだった。それなのに、こんな雨の中をわざわざやってきたのか。

カグラに、会うために。

一直線に駆けていってホズミの傘に入ったカグラは、彼を見上げて笑っている。濡れたカグラの髪を、祖父は優しく掻《か》き上げてやった。

その様子を一人遠巻きに眺めていたツツジは、掌がじんじんと痛むことに気づいた。転んで擦りむいた傷は、血を滲ませている。

「……痛い」

小さく呟いたその言葉は、誰の耳にも届かない。

二人は屋敷へと入っていく。

ツツジはじっと傘をさしたまま、動かなかった。

いつの間にか、雨は上がっていた。


月に二度、ツツジはかかさず、カグラの暮らす屋敷へと通った。

邪魔にならないようこっそりと彼を観察し、好きなもの、嫌いなもの、どんな時に機嫌がよくどんな時悪いか、だんだんとわかってきたこともあった。

カグラが寒さに弱いと気づいたのは、出会って最初の冬のことだ。暖炉《だんろ》の傍から動こうとしないし、ブランケットにくるまって、よくソファで丸くなっていたりする。

ホズミにそのことを尋《たず》ねてみると、竜は寒さが苦手なのだという。竜の一族は北部一帯を支配していたが、彼らは火山の傍で暮らしていたらしい。そこではあちこちで蒸気が噴き出し、温泉が湧き出でて、寒い冬も暖かく過ごせるのだという。

ツツジは暖かな羊毛でひざ掛けを作り、カグラに渡した。

「よかったら、使って」

そう言って差し出しても、カグラは見向きもしない。

とりあえず置いて帰ったが、次に彼を訪ねた時、暖炉の前に座った彼はツツジのひざ掛けをかけていた。

ツツジは驚きのあまり、一瞬言葉を失った。

ひざ掛けをじっと見つめて立ち尽くすツツジに、カグラはいくらか居心地が悪そうに視線を逸らしていた。ちょっと不本意そうだが、それでも寒さには耐えられず使ってくれているらしい。

その日の帰り道は、嬉しさに顔が緩んで仕方がなかった。

ツツジはそれから、カグラのために厚手の靴下や、外へ出る時のためにマフラーを編んだ。カグラが身に着けるものにこだわりがあることはわかっていたので、彼の趣味に合うように、そのデザインには細心の注意を払った。シンプルでいながら、品があって、それでもどこかに華があるようなものでないと、見向きもされない。

その甲斐《かい》あってか、ツツジが用意した防寒具をカグラは不承不承《ふしょうぶしょう》ながらも身に着けてくれるようになった。特にあのひざ掛けは、毎年冷たい風が吹き始めると、いつも彼の膝の上にかかっているのを見かけた。察するに、かなり気に入ってくれたらしい。

その度、ツツジの胸は歓喜に溢れた。

カグラはキラキラと輝くものが好きで、硝子細工や宝石を手元に置きたがった。彼の部屋には、そうした宝飾品の類《たぐい》が山のように積み重なっている。ホズミもカグラにはなんだかんだ甘く、高額なものでもほいほいと買い与えていたらしい。

しかしこの先のことを考えると、あまりに散財されては困る、とツツジは悩んだ。それで代わりになればとカグラに買ってきたのが、その頃売り出されたばかりのお菓子だった。

「これね、ジェリービーンズっていうの。今とても人気なのよ。キラキラして可愛いし、美味《おい》しいの。食べてみない？」

透明な瓶《びん》に入った色とりどりのお菓子に、カグラの瞳がわずかに輝いたのをツツジは見逃さなかった。

以来、ジェリービーンズはカグラのお気に入りの品になった。

そうして、カグラと出会って、八年。

徐々に大人になっていくツツジとは違い、カグラはその間ほとんど成長しなかった。いつまでも、出会った頃の少年のままだ。いつの間にかツツジの背丈は、カグラを越えてしまった。

そして今も変わらず、ツツジとはほとんど口を利くこともない。ほぼいないもののように扱われている。

「カグラは、どんな様子だ？」

ある日、ベッドに横たわったホズミが、目を閉じたまま尋ねた。

最近の彼はほとんど寝たきりだ。

もう長くはないと、医者にも言われている。

「変わらないわ。本を読んだり、森を歩いたり。この間、また服を仕立てたけど」

「そうか」

「……おじいさまに、会いたがってる」

ホズミはわずかに微笑む。

「カグラはこれからもずっと生き続ける。私たちは死んでいく……これが人間の運命だ。だが、繋《つな》いでいくことはできる。私はお前に託した、ツツジ。どうかあの子を守り続けてほしい」

「……うん」

「縁談を、また断ったと聞いたぞ」

「…………」

ツツジはすでに結婚適齢期を過ぎている。

これまでずっと、どんな縁談も相手に会いもせずに断ってきたせいだ。

結婚して子どもを産んで、その子や孫にまたカグラの世話をしてもらう——それができないことを、祖父は心配しているのだろう。

「誰か、好きな相手でもいるのか？」

「……大丈夫。カグラのことは、私が死んだ後も必ずなんとかするから。心配しないで、おじいさま」

「私が心配しているのは、お前のことだよ、ツツジ」

枯れた細い手が、そっと伸びてきた。

ツツジの手に優しく触れる。

「幸せになってほしいんだ、愛するお前に」

それから半月後、ホズミは息を引き取った。

臨終の時、傍にいたツツジは、微かに発された彼の最期《さいご》の言葉を聞いた。

「…………カンナ」

おじいさまが死んだの、と告げると、こちらに背を向けて本を読んでいたカグラは、ページをめくる手を止めた。

葬儀の前日だった。

本当はもっと早く伝えに来たかったけれど、いろんなことが目まぐるしく過ぎて、ここまでやってくる時間がなかった。ただ、それは言い訳にすぎないとわかっている。

ツツジは怖かった。祖父が死んだと知った時、カグラがどれほど悲嘆にくれるか。

その恐れから、なかなか足を向けることができなかったのだ。

しかしカグラは、不思議なほど冷静だった。泣くことも、声を上げることもしない。

「……お葬式は明日よ。あなたも出席して」

衣装箪笥から持ってきた黒衣を、カグラの傍らに置いた。

カグラが、ゆっくりとこちらを振り向く。

「心配ないわ。私の友だちの弟だと両親には紹介するから、大丈夫よ」

「俺は、行かない」

「カグラ、これでおじいさまとお別れなのよ」

持っていた本を床に叩きつけ、カグラは叫んだ。

「あんなやつ……！」

彼の白い頬は紅潮し、肩が震えていた。

「姉さんが助けた命なのに！　あいつのせいで、皆死んだのに……！」

先ほどまでの静けさが嘘《うそ》のように、彼の瞳が燃え上がるような怒りで満たされる。

「たった数十年で消えてなくなるだと……？」

「カグラ……」

ツツジが近づこうとすると、カグラは拒絶するようにぎりりと睨みつけた。

「――出て行け！」

カグラがツツジの腕を摑んだ。

あまりに強く摑まれた痛みで、ツツジは息を詰めた。

「カグラ……！」

「出てけ！」

無理やり引っ張られ、廊下へと押し出される。放り出されるようにして手を放され、思わずその場に膝をついて倒れこんだ。

背後で、音を立ててドアが閉まった。

蹲ったまま、ツツジは肩を落とす。

カグラは、葬儀には来ないだろう。

その落胆で、しばらくその場から動けなかった。

自分でも、馬鹿《ばか》だと思う。

カグラと並んで一緒に歩けるかもしれないと、期待していた。衆目の中で、誰に憚《はばか》ることもなく彼が隣にいて、そしてその横に自分が立っている。

ほんの一時でも、そんな瞬間を夢想した。

祖父の葬儀だというのに、自分の浅ましさにうんざりする。そんなツツジの気持ちを、カグラも見透かしていたのかもしれなかった。

屋敷を後にしながら、ツツジは涙がこぼれてくるのを抑え切れなかった。肩を震わせながら、頬を伝う涙を拭う。

ホズミがいなくなって、これからカグラと会うのはツツジだけになる。

ようやく、彼を独り占めできるのだ。

しかしカグラはこの先も、ツツジのことを見ようともしないのだろう。ホズミに向けたあの笑顔を、自分に向けることは決してないのだ。

その夜、ツツジは眠ることができなかった。

カグラに摑まれた腕を、そっと撫でる。初めて彼から触れられた。彼にとっては、邪魔なものを放り投げただけだったであろうけれど。

涙が再び、じわりと滲んでくる。

ツツジは身体を起こすと、ガウンを羽織って小さなランプを手にする。足音を殺して、静まり返った屋敷を出た。

ツツジの父は、三年前に急な病で他界していた。つまりこれから、この家の主《あるじ》は兄だ。ツツジは兄嫁と気が合わず、うまくいっていない。これまでも厄介《やっかい》者のオールドミス扱いだったのが、ますます居心地は悪くなるだろう。

暗澹《あんたん》たる気分でとぼとぼと歩きながら、敷地内にある一族のための小さな礼拝堂へと足を向けた。祖父の亡骸を納めた棺《ひつぎ》が、今夜はそこで眠っているのだ。

最後に、祖父の顔をもう一度見ておきたかった。

たった一人の味方だった祖父。大好きだった。愛してくれた。

それなのに自分は、己のことばかり考えている。祖父の死を本当の意味で悼《いた》んでいない。

それが苦しくて、軀《むくろ》の前で懺悔《ざんげ》したかった。

礼拝堂の入り口に人影があることに気づき、ツツジはぎくりとして足を止めた。

(誰……?)

その人影は明かりも持たず、するりと扉の向こうへと消えた。

ツツジは用心しながら、そろそろと入り口へと近づく。音を立てないよう扉を開け、中を覗き込んだ。

祭壇の前に据えられた棺は、灯《とも》された蠟燭《ろうそく》の明かりの下でぼんやりと浮かび上がっている。

その棺を前にして、カグラが立っていた。

彼はゆっくりと、棺の蓋《ふた》を押し開けた。ギギギ、という音が静謐《せいひつ》な礼拝堂の中に思った以上に大きく反響して、ツツジはどきりとした。

カグラは身じろぎもせず、横たわるホズミを見下ろしている。

しかしやがて、堪えきれないというように、嗚咽が忍びやかに漏れ始めた。それはやがて大きくなり、張り裂けそうな悲哀を帯びた慟哭《どうこく》が冷えた天井に震えて溢れた。

棺に縋りつき、肩を震わせ泣いてるカグラの姿は、これまで見たどんな彼よりも頼りなく、小さく見えた。

しゃくりあげながら、切れ切れに声を上げる。

「一人に、するな……っ」

いつも冷たく、はねつけるような物言いしかしない彼の、それはまるで寄る辺のない子どものような声だった。

「ホズミ……っ、嫌だ……！」

月の光が細長い窓から差し込んで、棺の上に這《は》うように伸びている。照らし出されたカグラの顔は涙に濡れ、沈んだ闇《やみ》の中でキラキラと輝いていた。彼が大好きな、宝石のように。

「俺だけ、置いていかないで……！」

その夜、カグラは棺の前から動くことなく、明け方の空が白む頃までホズミに寄り添い続けた。ツツジもまた、その場から離れることができなかった。

ツツジがカグラの姿を見たのは、それが最後だった。

その日執り行われた葬儀の場に、カグラが現れることはなかった。夜になりカグラの屋敷を訪ねた時には、もうどこにも、彼の姿はなかった。

ほんのわずかな身の回りの品が、彼の部屋から消えていた。

ツツジが作ったあのひざ掛けは、ソファの上に置かれたまま。

ツツジは、その場にへたりこんだ。

それきり、あの少年に会うことは、二度となかった。


額縁を片手に、クロは柔らかな萌黄《もえぎ》色の草に覆《おお》われた丘を登っていく。春風に揺れる緑は輝きに満ち、生命の賛歌を高らかに歌い上げていた。

丘の上には、小さな墓地が広がっている。

求める名を探して、古びた墓石の間を抜けていく。よく晴れた青空が透き通るように頭上を覆い、陽光を注いでいた。

それは、すぐに見つかった。

ツツジの墓石は、まるで彼女のように控えめで小さなものだった。

刻まれた日付によれば、彼女は七十七歳でこの世を去っている。

「……よう」

クロは小さく、語りかけた。

「久しぶり」

答える者はいない。

手にしていた絵を、墓に向かって見せるように掲げた。

「これ、お前のだろ？」

彼女のほかに、この当時のクロを知る女性などいない。

何より、絵の中のクロはあの屋敷の庭に佇んでいた。ホズミが与えてくれた、あの箱庭の中に。

魔法画を描く魔法絵師は、魔法使いである。画材に魔力を閉じ込め、それをもって絵にするのだ。ツツジがこの絵を依頼した絵師は、恐らく魔法でツツジの記憶の中にあるクロの姿を垣間見ることで、これを描いたのだろう。姿かたちは確かに、当時の自分にそっくりだ。

姿かたち、だけは。

「……こんなもん、描かせるんじゃねーよ」

絵の中のクロは、笑っている。まるで愛おしい人を見つめるように。

この絵を見る者はすべて、その優しく甘やかな笑顔に包み込まれることになるだろう。そしてそれは、絵を依頼した人物の希望によって描かれたはずだった。

「俺は、こんなふうにお前に笑いかけたこと……なかったじゃねーかよ……」

あの頃の自分の態度は、酷《ひど》いものだったと思う。人の世話になっている子どもという点では、今のヒマワリなど自分に比べれば天使のようだ。

家族を失い、同胞《どうほう》を失い、一人ぼっちになって、世界中からその血を狙われて――唯一残ったものがホズミだった。

ホズミのことが大好きだった。

姉の恋人、いつか自分の兄になる人。

時折、姉にすら嫉妬《しっと》していた。ホズミに遊んでほしかったし、もっと自分に構ってほしかった。

自分だけを、見ていてほしかった。

彼の庇護《ひご》の下で暮らすようになってからは、我《わ》が儘《まま》ばかり言って彼を困らせた。構ってほしかった。彼の、一番になりたかったのだ。

彼が結婚してからは、一層ひねくれた態度ばかり取った。老いていくホズミと、若いままの自分。人間とは時の流れが違うのだということを、まざまざと突きつけられながら。

自分の代わりにとツツジを連れてこられた時は、怒りで目の前がくらくらしたのを覚えている。もう、自分はホズミに見放されたのだと思った。

それでツツジにはひどく当たった。ホズミが年老いて出歩くことが難しくなったとわかっているのに、それでも顔を見せない彼を罵《ののし》り、代わりにやってくるツツジが憎らしくて堪《たま》らなかった。

ツツジが、懸命に自分のために尽くしてくれていることは、わかっていたのだ。

寒がりな彼のために作ってくれたひざ掛けは本当に暖かくて、毎冬手放すことができなくなった。マフラーも靴下も丁寧に時間をかけて作ってくれたのだろう、心が籠《こ》もっているのが嫌でも伝わってくる品だった。

それでも、感謝の言葉ひとつかけたことはない。散々つらく当たった後で、言い出しにくかった。

自分は彼女より長く生きていたけれど、よほど子どもだったと今なら思う。

それなのに、ツツジはこんな絵を描かせた。

見たこともないほど優しそうな、恋人を見つめるように微笑む、彼の姿を。

あの頃の自分はホズミのことばかり考えていて、すぐ傍にいたツツジの気持ちに、ちっとも気づいていなかったのだ。

別れも告げずに去った自分を、憎んでいてもいいはずなのに。

「……ごめん」

クロは手にしていた一輪の花を、墓の前に供えた。

薄紅色《うすべに》の撫子。

時折、撫子を摘んで帰るツツジの姿を見かけた。彼女の持ち物にも、撫子の刺繍《ししゅう》がしてあるものが多かった。

「お前、多分これ……好きだったよな？」

尋ねたこともなかった。

間違っているのかもしれない。

それでも、この絵の中に描かれた庭に撫子がたくさん咲いているのは、偶然ではないだろう。

墓はもう誰も参る者がないのか、随分と荒れていた。周囲には雑草がびっしりと生えている。ツツジは生涯独身であったというから、子孫もないのだろう。

クロは絵を置いて屈みこむと、黙って雑草をひとつずつ、丁寧に抜いた。

墓石に刻まれた文字も、風化して少し薄くなっている。そっと掌で、その上をなぞった。

一通り雑草を取り終えると、立ち上がってもう一度墓石を見下ろす。

絵を小脇に抱えると、ポケットに両手を突っ込んだ。

「――また、来る」

それだけ、墓に向かって囁いた。

クロの生は長い。

向こう八百年ほどは、毎年ここへ墓参りに来られるだろう。

撫子の花を、手に持って。


クロが描かれた魔法画は、厳重に布に包まれてクロの部屋に保管されることになった。

ヒマワリが見たがると、クロは断固として拒否した。

「絶対、だめだ」

「なんでー！　見たい見たい！」

「ふざけんな！　二度と人に見られるのはごめんだ！」

「とても素敵な肖像画だと思いますけどねぇ。せっかくですから、応接間にでも飾りませんか？」

「俺を悶絶《もんぜつ》死させる気か」

なにしろ恥ずかしすぎる、とクロは頭を抱えた。あんなふうに蕩《とろ》ける微笑みを向ける自分など、もはや正視に堪えない。だからクロは島に帰るとすぐに、絵を布でぐるぐると覆ってしまった。

「え、なになに。そんな面白い絵なの？」

ちょうどやってきていたミライが、興味津々《しんしん》でクロの持つ絵を取り上げた。

「返せ！」

慌てて取り返し、守るようにがっちりと己の懐《ふところ》に抱きこむ。

「くそっ、鍵のかかる場所にしまうか」

「あれ、この包み……」

ミライが首を傾《かし》げた。

「なんか、物置にあった気がする」

「……はっ？」

「未来でさ、見たことある気がする。すごい厳重にぐるぐる巻きになってて、『開けた者には災いが降りかかる』って但《ただ》し書きまでついてるから、そのままにしてあるんだけど

……なんだ、クロのだったんだ？　じゃあ開けてもいっか」

「やめろ！　だめだ！」

「ええー、未来で見るのはよくない？　もう時効じゃん」

「くそっ、呪うぞお前！」

「そんな恥ずかしい絵なの？　エロいやつ？」

「違うよ、あのね、クロのねー」

「言わなくていい、ヒマワリ！　ミライ、お前、見たらただじゃおかねーからな！」

「そこまで言われると逆に気になるぅ」

「クロさん、見るなと言ったら見るのが人間ですよね？　つまり、見ろと言えば見ないのでは」

「そんなわけあるか！」

クロはその絵を鍵のかかる棚にしまいこみ、年に一度、ツツジの墓参りに出かける時以外は決して開けることはなかった。

結局、ミライが未来でその絵を見たのかは、定かではない。

九　死を請う竜

どうすればすべて終わらせることができるのか。

カグラの頭にあるのは、それぱかりだった。

ホズミが死んで、ずっと一人、彷徨《さまよ》うように生きている。

もう、百年以上も。

最初は、どこかに自分と同じように生き延びた竜はいないかと、ひたすら探し回った。国から国へと放浪し、仲間の痕跡《こんせき》がないかと目を光らせ、噂《うわさ》はないかと尋《たず》ねて回った。

しかしこの世のどこにも、同胞《どうほう》の姿を見つけることはできなかった。

時折、そんな生活に疲れて足を止めた。そんな時には人のふりをして、人の世界に紛れ込んで暮らした。大きな街の片隅《かたすみ》でひっそりと、あるいは小さな田舎の村で。

この間にカグラの姿は、人間でいえば二十代後半程度に見えるほどに成長した。しかし明らかにその速度は遅く、長くひとつところに留まれば、いつまでも年老いていかないことを怪しまれてしまう。疑いを持たれないうちに、何度も住処《すみか》を変えた。

金に困れば、その都度用立てた。

ホズミによって貴族の子弟としての教育を受けた彼は、それなりの知識と教養を有していたから、適当に経歴を偽《いつわ》って良家の子息の家庭教師をすることもあった。これは住み込みになるので、最も手軽な働き口だった。

またある時は人足をしたり、あるいはその腕力を買われて用心棒のようなことも請け負った。気持ちがひどく荒《すさ》んで何もかもどうでもよくなっている時には、彼の美貌《びぼう》に吸い寄せられてくる女を利用してその家に転がり込んだり、金持ちの未亡人に金品を貢《みつ》がせることすらした。

しばらくともにいれば自然と親しくなる相手もいたが、数年で別れるのだからと深入りする気にはなれなかったし、何より相手が必ず先にこの世からいなくなることを思うと、でき得る限り初めから心を閉ざした。

棺《ひつぎ》の中に横たわっていた物言わぬホズミの姿が、どうしても脳裏をよぎる。胸の中が餓《う》えそうなほど空洞になり、激しい隙間《すきま》風ばかりが吹き抜けていくようなあの慟哭《どうこく》を、二度と味わいたくはない。

人の世界と縁を切ろうと天高い火山の奥深くに入り込み、竜の姿のままで暮らしたこともある。しかし、そんな生活にはすぐに耐えられなくなった。人のふりをして生きてきた竜は、人としての生活に慣れ過ぎてしまっていたのだ。

火山に籠《こ》もっている間は心底孤独で、生きているという実感がまるで湧かなかった。

しかし人間の世界に舞い戻っても、やはり孤独なのだ。

ある時、ふと終わりにしようと思った。

もう、十分に生きた。この先に希望など何もない。

橋の上から、大雨で増水し荒れる川に飛び込んだ。死ねば懐かしい人たちのもとへ行ける。父と母、姉、同胞たち、それに――ホズミ。

しかし、死ねなかった。

ナイフで手首を切ったことも、毒を飲んだこともある。

だが、死ねない。

竜の強い生命力は、生半《なまなか》な方法では失われないらしい。

では一体、人間たちはいかにして同胞たちを殺したのだろうか。カグラは文献を漁って調べ始めた。

人が竜の命を絶つには、朧玉石《ろうぎょくせき》という特殊な鉱石を加工した武器が必要だという。この朧玉石ならば竜の硬い鱗《うろこ》を切り裂くことができ、致命傷を負わせることが可能らしい。大陸の東に広がる山脈の奥深くでほんのわずかに採掘されるこの鉱石は、滅多に見つからない希少なものである上に、竜の血を求めた人間たちによって採り尽くされてしまったのか、どれほど探しても見つからなかった。

ならばすでに加工された武器を手に入れようと探し求めたが、一度竜の血を吸った朧玉石は錆《さ》びつき、やがて砕けて粉々になってしまうため、現存する武器はどこにも残っていないのだった。

それとは別にもうひとつ、竜を殺す方法があった。

魔法だ。

竜の吐く炎は魔法では遮《さえぎ》ることはできず、消すこともできない。かつて魔法使いが最も戦うことを避けた相手こそ、竜であった。

竜の命を奪う魔法は最高難度の魔法であり、すべての魔法使いが使えるわけではないらしい。しかも竜が絶滅して久しいため、必要性に乏しいこの魔法を習得している者は現在ではほとんどいないようだった。

カグラは、自分を殺せるほどに強い魔法使いを探した。

そんな時、噂を聞いたのだ。

大魔法使いシロガネが、不老不死の秘術を得たらしい――。

なんでもそのシロガネという男は、四大魔法使いを凌《しの》ぐほどの力を持つ最強の魔法使いであり、南の最果ての島で一人暮らしているのだという。

カグラは、南を目指した。

その魔法使いなら、すべてを終わりにしてくれるかもしれない。


海の彼方《かなた》に浮かぶその島を、終島《はてじま》という。

現在では小さな島だが、かつては比べ物にならぬほど広い大地が広がっていたと文献には記されている。千年以上前に栄えたこの島は、伝説の古代文明が滅びる際に大半が崩れ落ち、今ではほんのわずかな土地が残るだけだ。

竜の翼で海を渡ったカグラは、近づいてくる島の姿を眺めながら、己の人生に幕を下ろすのにちょうどいい場所だと思った。外界から隔離されたような、世界の果て。ここで死ぬことができれば、静かで密やかな最期《さいご》を迎えられるだろう。

島に、建造物はひとつだけ。陰鬱《いんうつ》な風情《ふぜい》で聳《そび》えるあの古城が、魔法使いの住処だろう。

城の庭に人影があった。畑に屈みこんで土いじりに勤しんでいたその人物は、ふと、気配に気づいたように顔を上げた。

褐色《かっしょく》の肌を持つ青年だった。彼は島の上空に現れた黒竜を、不思議そうに見上げる。

「……竜?」

カグラは島の上を旋回する。動く人影は、この青年のほか見当たらない。

青年はよいしょ、とのんびり立ち上がって、手についた土を払った。

「おやおや……生き残りがいたのですか。まぁ俺が今ここにいるくらいですから、ほんの二百年ほど前に滅んだとされる竜が生きていても、おかしくはないですよね」

その反応に、カグラはいくらか戸惑った。

竜の姿を人に見せるのは、一族が滅んで以来初めてだ。存在しないはずの竜を見たら、もっと大騒ぎされるかと思っていた。

「お前がシロガネか?」

地響きのような竜の声で、カグラは尋ねた。

これだけ落ち着き払っているということは、彼こそが大魔法使いといわれるシロガネなのだろうか。

しかし青年は、あっさり首を横に振った。

「いいえ、違います」

「魔法使いシロガネは、どこにいる」

「あいにく、シロガネはただいま立て込んでおりまして。すみませんが、お帰りください」

カグラはおもむろに、その大きな口を開いた。喉元《のど》の奥に火花が散ったかと思うと、勢いよく激しい業火を放つ。

うねるような熱風が巻き起こり、青年の青緑色の髪が煽《あお》られて大きく揺れた。炎が彼をぐるりと取り巻き、火柱をあげながら足下の畑を駆けた。一瞬で黒焦《こ》げになった土から、残った火がちらちらと燻《くすぶ》る。

「シロガネを出せ。さもないと、お前を焼き殺す」

これだけ脅《おど》せば、言うことをきくだろう。

しかし青年は焼き払われた畑を眺めて、おやおや、と妙にわざとらしく頭を抱えた。

「ああ、せっかく芽が出てきていたのに……」

「聞こえなかったのか。シロガネをここへ連れてこい、今すぐにだ！」

しかし青年の表情に、恐怖や怯《おび》えの色は一切ない。

「すみませんが、お帰りください」

「……ならば、お前もろともこの島を焼き払うぞ」

「そう仰《おつしや》られましても、シロガネはもう三日も部屋から出てこないんです。一度引き籠《こ》もるとそう簡単には姿を見せないもので。それに、静かにするようにと言われているので、騒がれると困ります。お言付けがあれば、一応 承《うけたまわ》りますが」

あまりに淡々《たんたん》と事務的に語る様子に、この青年には恐れという感情がないのだろうかと訝《いぶか》しんだ。

カグラは天に向かって稲妻のごとき鳴き声をひとつ轟《とどろ》かせると、高く舞い上がる。

そして島中を飛び回りながら、手あたり次第に炎を吐いて地上へ叩きつけてやった。林が焼け、城の一部が燃え上がり、そこここから黒い煙がもうもうと立ち上る。

魔法使いが、残虐《ざんぎやく》な竜を退治する——竜が死ぬのに、最も適した筋書きだろう。

青年の口ぶりでは、シロガネはこの城の中にいるはずだ。だがこうすれば、出てこざるを得ないだろう。そしてこの状況を見れば、暴れる竜を倒そうとするに違いない。

城の尖塔《せんとう》にどすんと降り立ったカグラは、大音声《だいおんじょう》を上げた。

「出てこい、シロガネ！」

島が揺れたのかと思うような、大地を震わす声。人間の姿をしている時とは、まるで違う。

竜の巨体の重みに耐えきれず、足下で塔の一部が砕け、ガラガラと音を立てて崩れ落ちていった。構わず、今度は隣の塔目掛けて炎を吐き出してやる。

「この城をすべて、燃やし尽くすぞ！」

「——もー、なんだようるさいな。仮眠中なんだよ、僕は！」

眼下にある城の扉が開いて、覚束《おぼつか》ない足取りの人影がよろりと現れた。

日の光の下で輝く銀の髪が、カグラの視線を引く。

目の下にひどいくまを作ったその男は、眠たそうに目を擦《こす》りながら欠伸《あくび》して、炎と煙に包まれた島の様子をぼんやりと見回した。

「なにこれ、アオ。焼き畑始めた？」

驚くでもなく、どこかすっとぼけた口調だ。

先ほどの青年が慌《あわ》てて駆け寄る。

「起こしてしまってすみません、シロガネ。俺が対処しますから、寝ていてください」

確かに、シロガネ、と呼んだ。

カグラは首をもたげる。

（こいつが、シロガネか）

ついにおびき出した。

カグラはゆっくりと滑空して、その銀髪めがけて降下する。黒々した竜の影が、覆《おお》いかぶさるようにシロガネの上に落ちた。

突然足下が暗くなったことを不審に思ったシロガネが、視線を上げた。眠たそうだった目が、大きく見開かれる。

その瞳は菫《すみれ》色に輝いていて、カグラは思わず見入った。これが宝石であったなら、すぐに手に入れて隠してしまうだろう。

シロガネは、竜、と小さく唇を動かした。

「竜……竜だ……竜……！」

その表情が、ぱあっと輝く。

「本物……!?　え、これ夢の続き!?」

言いながら己の頬《ほお》を引っ張り、「くっそ痛い！　馬鹿《ばか》野郎僕！」と涙目で毒づく。

「夢ではありませんよ、シロガネ。どうやら生き残りがいたようです」

するとシロガネは一層瞳をキラキラと輝かせて、子どものようにぴょんぴょん跳び上がった。

「竜！　絶対どこかにいると思ってたんだ！　ほら、ほらね、やっぱりね！　絶滅したとかいうものは人が見ていないだけで、どこかで生き延びてるものなんだよ！　アオがいい例じゃないか、ねぇ？」

そう言って、アオというらしい青年の背中をばしばし叩く。

「いやぁ、どうもどうも！　僕はシロガネ！　魔法使いだ。えーとそれで、君の名前は？」

握手でもしようというのか、にこにこと無遠慮に手を伸ばす。

しかしカグラはその返答に、喉の奥に火種を燃やした。

「魔法使いシロガネ――」

カッと閃光《せんこう》が走り、勢いよく紅蓮《ぐれん》の炎が広がった。眼下の男めがけて過《あやま》たず吐き出したそれは、まともに浴びれば一瞬で灰になってしまうほどの威力である。

「う、わ」

シロガネは慌てて、魔法で己と青年の姿をその場から消し去った。目標を見失った炎が、つい今しがたまで彼らが立っていた場所の土を黒々と抉《えぐ》る。

一瞬の後、二人の姿が忽然《こつぜん》と庭先に現れた。

「はあぁぁあ、これが竜の炎！　本物！　すごい威力！」

シロガネはこみ上げる笑いを堪《こら》えきれないというように、両手をわきわきと動かしている。ふるふると震えているが、それが恐怖からではなく興奮が最高潮であるからだと傍目《はため》にもわかるほど、頬は紅潮し目が爛々《らんらん》と輝いていた。

「魔法で消すことも跳ね返すこともできない、この世で唯一の炎！　こんなに間近で見られるなんて……！　ああ、ちょっとこの火種、保存しておきたいな。魔法瓶《びん》に入れておこうか」

足下で燃えている草をサンプル採取しようと屈みこむシロガネを押しとどめ、アオが庇《かば》うように後ろへと下がらせた。

「シロガネ、下がっていてください。あの竜は、あなたに危害を加えるのが目的のようです」

「僕、初対面だよ。炎をぶっかけられる覚えはないんだけど」

「魔法使いは人間と結託して竜を滅ぼしましたから、その恨みでは？」

「今更？　しかもなんで僕？」

「もしかして、竜が大事にしている宝を盗みませんでした？　物語ではだいたいそれで竜が怒るんですよ」

「失敬な！　人のもの盗んだりしないよ。どんな魅力的な人妻でも、きっぱり旦那《だんな》と別れてから言い寄ってほしいとお願いしてるんだから」

「そうですか。あと考えられるのは……魔法使いの肉を食べると、魔法が使えるようになるという風聞もありますが」

「デマ！　デマ！　実際、昔それで魔法使い殺人事件があったけど、食べたやつは結局魔法を使えるようになんてならなかったよ」

　再びカグラは、二人に向けて炎を放った。

　理由など、好きに誤解してくれていい。

（さぁシロガネ、竜殺しの魔法を使え）

　そうしてこの息の根を止めてくれれば、すべてが終わる。

　ようやく、楽になれる。

　しかし突然、何かが弾けるような音が響いた。

　空間が割れたように、カグラには思われた。

　一瞬の後、山のような背中がむくりと眼前に立ちはだかった。緩慢な動作のその巨体は、カグラとシロガネの間を壁のごとく隔《へだ》てている。

「――――!?」

　カグラは思わず、後方へと飛び退《すさ》った。

　一体どこから現れたのか、その巨大な背中を持つ人影はカグラの炎をすべてその身でもって受け止め、弾き返してしまったのだ。

そんなことができるはずがなかった。竜の炎は、この地上で最強の炎なのだ。

ただし、ひとつのものを除いて。

竜を殺す方法を探す中、文献で目にした古代の伝説を思い出す。

それは、人の形をしている。特殊な金属でできたその身体《からだ》は、この世で唯一、竜の炎に対抗できたという――。

シロガネを守るように屈みこんでいた巨体が、ゆっくりと立ち上がった。

ブロンズに輝く太い腕と足を持つ、巨大なゴーレム。その妖《あや》しく光る目が、ぎらりとカグラに向けられた。

「……まさか、青銅人形か？」

魔法は、竜の炎を防ぐことはできない。だがただひとつ、この世で竜に対抗でき、彼らを圧倒した存在があった。

それが青銅人形だ。

かつて魔法がこの世にもたらされるより以前の時代、地上で最強の存在と謳《うた》われた竜に対し、古代超文明がついに作り上げた人型兵器。これにより、竜と人間の力は拮抗《きっこう》した。

しかしその後、魔法使いがこの世に現れると、青銅人形は魔法の前に敗北することになる。

ゴーレムが口を開いた。

「シロガネ、すみません。勝手にこの姿にはならないという約束を破りましたが、あなたとこの島の安全のため、今は必要と判断しました」

流れ出てきた声は、先ほどの青年の声に違いなかった。

太い手が繰り出されて、とっさに躱《かわ》したカグラは高く飛び上がった。相当な重量を感じさせる巨体でありながら、その動きは思った以上に素早い。

距離をとり、再び炎を浴びせた。しかしその身体は竜の炎を完全に跳ね返し、びくともしない。焦げつく様子すらなく、炎を受けた胸元はぴかぴかに輝いたままだ。

巨人の足下で、シロガネが歓声を上げながら飛び跳ねていた。

「青銅人形は竜の炎に打ち勝つ！　本当だったんだ！　まさかこの目で見られる日が来るなんて、やっぱり日頃の行いがいいんだなぁ僕！　ねぇアオ、ちょっとその炎を受けたあたり、後で触らせてくれる？　どうなってるか見たいー！」

己の炎が効かない相手を目《ま》の当たりにして、カグラは困惑していた。

「本当に、青銅人形なのか？　大昔にすべて、破壊されたはずじゃないのか」

「それはこちらの台詞《せりふ》ですね、黒竜さん。竜は滅亡したと聞いていました。ですが、生きている方がいたようで嬉《うれ》しいです。昔は俺たちもあなたたちも、たくさんいたものですから。しかしこの島で、このような暴挙は許しません」

カグラは急降下した。そのまま、青銅人形の陰《かげ》に佇《たたず》むシロガネに突っ込むように、再び炎を吐き出す。

青銅人形は、足下へ飛び込んでくる竜の身体を両手ではっしと摑《つか》み上げた。

竜型のカグラに対し、相手は倍以上の大きさだ。抱え込むようにして押さえ込まれると身動きできなくなり、カグラは苦悶《くもん》の声を上げてその身をくねらせた。

「竜の最大の敵は青銅人形、か……まさしく古文書にある通りだねぇ」

感心したように、シロガネが嘆息した。

そうして、軽く地面を蹴《け》る。シロガネの身体が浮き上がり、青銅人形の肩上に静かに着地した。

カグラはもがきながらもシロガネに向かって炎を吐いたが、ブロンズの手がそれを片手で弾き飛ばしてしまう。

「無駄だよ、黒竜。アオの身体に竜の炎は通じない。君の負けだ。――それで、君はどうしてここへ？　僕、突然炎を浴びせられる理由に心当たりはないんだけど。竜が大事にしている財宝を盗んだりしていないし、僕を食べても魔法は使えるようにならないよ。あとね、もし単純に食料として見ているなら、煮ても焼いても全然おいしくないと思う」

カグラは身動きできぬまま、二人を睨《にら》みつけた。

「……殺せ」

低く唸《うな》るような声だった。

「俺の負けを認める。さっさと殺せ、シロガネ」

「え、やだ」

あっけらかんと言うシロガネに、カグラはぎりぎりと歯噛《はが》みした。

「大魔法使いと呼ばれるお前でも、竜を殺す術《すべ》はないというのか？　不老不死すら得たというお前が」

「不老不死ねぇ……」

シロガネはその指を銀の髪に絡めて、くるくると巻き付ける。

「君も、それが望み？　不老不死になりたいの？」

「魔法使い。千年の命を持つ俺が断言してやる。永遠の命など、苦痛以外の何物でもないだろう。お前はこれから、永久の孤独を味わうことになるぞ」

シロガネは青銅人形の肩を蹴って、ふわりと浮き上がる。

「シロガネ、気をつけてください」

青銅人形の忠告を聞いているのかいないのか、彼は腕を伸ばして、カグラの硬い鱗を撫《な》でた。

驚いたカグラは大きく瞳を見開き、身じろぎした。

「ああ、美しいなぁ。こんなに美しい生き物が、この世にいる。……この世界は、美しいね」

うっとりしながら寄り添うシロガネに、カグラは戸惑っていた。

その優しい手つきや、あたたかな温もり。

もう長いこと、感じることのなかった感触だ。

「ねぇ君、しばらくここに住まない？」

唐突な提案に、カグラは不意を突かれた。

「なんだと？」

「ぜひともいろいろ調べさせてほしいんだよ！　千年生きる竜。その生命の源《みなもと》はなんなのか、その血は何故《なぜ》、いかなる病をも癒《いや》すのか、どうして竜の炎は魔法で防げないのか……知りたいことがたくさんある。竜が絶滅した今、もう決してその謎を解くことはできないと思ってた。けれど今、目の前に、君がいる！　なんたる幸運、なんたる奇跡だ！」

「同胞を殺し絶滅させたのは、お前たち魔法使いだろう」

憎々し気にカグラは吐き捨てた。

「お前たちの欲求を満たすために、今度は生きたまま切り裂かれ実験台になれというのか！　人間は身勝手で傲慢《ごうまん》だ。だが、魔法使いはさらにその上をいく……！」

「あのね、ここにいる間、生活は保証するよ。鎖で繋《つな》いだりもしないし、僕の研究にちょこっと協力してくれたらあとは好きに過ごしてくれていいし。あ、お金の心配はないからね。僕、自分の編み出した魔法のロイヤリティ収入あるし、魔法書も出す度ベストセラーで印税も入るから、結構金持ちで――」

カグラは苛々《いらいら》として大きく口を開き、炎を吐こうと火花を散らし始めた。

しかしその寸前、シロガネは手に一本の杖を現した。先端には三日月型の石、その内側に青い水晶が浮かび上がっている。

それを突きつけられた途端、鋭い牙に覆われた大きな口が、強制的にがちゃんと閉ざされてしまった。

カグラはくぐもった呻《うめ》き声を漏らし、ぶんぶんと首を振る。どうしても、口が開かない。

「魔法で炎を防ぐこともはねのけることもできないけど、口を開かなくすることはできる。これが魔法使いの考えた、対竜魔法の初歩だよ。まぁ実戦で使うことがほぼないから、現代ではひどく不人気な魔法だけどね」

杖を下ろすと、ようやくカグラの口は自由になった。

大きく息を吐き出すと、歯ぎしりしながらシロガネを睨みつける。

「――殺せ」

やはりシロガネは、竜に対する魔法にも通じているのだ。

ならば、できるはずだった。

「俺を調べたいというなら、殺して、その死骸《しがい》を好きにすればいい。お前ならできるだろう、シロガネ。そうして好きなだけ、この血を絞り出すがいい。かつてお前たちがそうしたように。あるいは、そこの青銅人形にやらせればいい。竜の天敵であるこいつなら、俺を縊《くび》り殺せるはずだ」

「そうしますか、シロガネ？」

青銅人形がシロガネを窺《うかが》う。

「ねぇ黒竜。ほかにも生き残っている仲間はいるの？」

「俺はずっと独りだ。長いこと大陸を彷徨ったが、同胞に出会うことはなかった。この機会を逃せば、お前は二度と竜を見ることはないだろう。今が絶好の機会だ。さぁ、早く殺──」

「じゃあさ、ずっとここで一緒に暮らしたらいいよ！」

シロガネはいいこと思いついた、とでもいうように目を輝かせた。

「それがいい！　ねぇアオ？」

勝手にうきうきと盛り上がるシロガネに、カグラは呻いた。

「……俺の話を聞いていたのか、魔法使い？」

「だってここにいたら、独りじゃないよ」

シロガネの手が、竜の頬を優しく撫でた。

「一緒にいれば、寂しくないよ」

ね？　と笑う。

カグラは絶句してしまった。

（一緒に暮らす？）

一体、この男は何を言っているのだろうか。

（早く殺せ。そうすれば、楽になれる）

だがカグラの脳裏に浮かんだのは、ホズミとともに暮らした時間だった。一緒に食事をした、庭で遊んだ、本を読み聞かせてくれた──隣にいたホズミの、息遣いや温もり、笑顔。カグラも笑っていた。ホズミが帰ってしまうと寂しくて、次はいつ来るかと心待ちにしていた。

独りが嫌いだった。だからホズミが顔を見せなくなって、代わりにツツジがやってくると、苛立《いらだ》ちを覚えながらも、独りではないことに密かに安堵《あんど》していたのだ。

あの屋敷を出て放浪する中でも独りにはなりきれず、度々人と関わりを持ったのも、結局は求めていたからだ——誰かを。

「……お前は本当に、不老不死を手に入れたのか？」

思わず口をついた問いかけに、自分でも驚いていた。

わずかな期待を込めるように、尋ねる。

「ずっと、俺よりも長く生きるのか？」

棺の中で冷たく横たわる、ホズミの姿。

人間は、自分を置いていってしまうのだ。

だが、不老不死を手に入れたというこの魔法使いなら、違うのだろうか。

シロガネは肩を竦《すく》めた。

「あー、不老不死っていうのはねぇ、残念ながらデマだよ。言っておくけど、僕が言ったんじゃないよ？　まぁ不老に関しては、副産物的に手に入ったんだよ。ただその話に勝手に尾ひれがついて、不老不死ってことになっただけ。命を操る魔法は、いまだどんな魔法使いも手にしたことがないんだ。僕も例外じゃない」

「……だったら、意味がない」

　ふい、とカグラは顔を背ける。

「俺の寿命からすれば、お前の命などほんの一瞬だ。どうせすぐに死ぬんだろう。死んで、結局俺はまた、独りになる」

　するとシロガネは、目をぱちぱちと瞬《またた》かせた。

「そんな先のこと、考えたってしょうがないじゃーん」

　あまりにあっけらかんと言うので、カグラはぽかんとする。

「別れがつらいからって、すべての出会いを拒むつもり？」

「……お前に、千年の命を持つ者の気持ちがわかるか！」

　くわっと牙を剝《む》き出しにして、カグラは思わず叫んだ。

「誰もが俺より先に死んでいく！　一人取り残されていく！　置いていかれるのは、もう――」

「千年の寿命がなくても、人生は出会いと別れの繰り返しだよ。君が特別なわけじゃない。みんな、そうなんだよ」

　これまでになく真剣な面持《おもも》ちのシロガネは、きっぱりと言い放った。

「……なんだと？」

「生きていれば、大切な人を失うこともある。あんなに愛した人にはもう、二度と出会うことはないって思いながら、それでもみんな生きていくんだよ。そうしてまたいつか、大事に思える人に出会うことだってある。ずっと変わらないものなんか、ないんだ。変わらず永遠のものなんか、ない」

「……！」

この苦しみが、そんなにもありふれたものだと言うのだろうか。

二百年近く生きながら、孤独に苛《さいな》まれ続けるこの絶望が、当たり前に越えていかねばならないものだというのか。

カグラは再び、炎を吐き出した。

慟哭の代わりに、苦しみを吐き出すように、業火を四散させ身をよじった。

「殺せ！」

炎に包まれながら、カグラは叫んだ。

「殺せ！　そうすれば、すべて終わる……！」

咄嗟《とっさ》に青銅人形がその手でシロガネを炎から守ったが、しかしシロガネは自《みずか》ら、ぱっとカグラの懐《ふところ》へと飛び込んだ。

「シロガネ!?　危ない！」

青銅人形が叫んだが、シロガネは意に介さない。

「そうか。君は死ぬために来たんだね、ここへ」

シロガネは黒竜の首に両腕を巻き付け、ぎゅっと抱いた。

驚いたカグラは、最後の炎を空へ向かって吐き出すと、動きを止めた。

「確かに、僕なら君を殺してあげられる。竜殺しの魔法を完璧に会得している魔法使いなんて、今じゃ僕くらいだしね。――でも、君が死んだら、僕は悲しむよ」

（悲しむ……？）

さっき会ったばかりだというのに、何故この男はこんなことを言うのだろう。

「……何を言っている」

「ねぇ、だからさ、一緒に暮らそうよ」

にこにこと、シロガネは竜を見上げた。

「僕が、君の家族になるよ」

「か、ぞく……？」

「そう。毎日一緒に過ごすんだよ。一緒にいればきっと楽しいよ。そうしてお互いが、お互いのことをずっと大事にするんだ。僕は君を家族として愛し守るし、君もそうして僕を大事にするんだよ。どう？」

シロガネは誘うように、手を差し伸べた。

呆然《ぼうぜん》としているカグラに、青銅人形が口を挟んだ。

「ちなみに、俺は寿命がありませんので、結構長くお付き合いできると思いますよ」

確かに、人ではないこの青銅人形であれば、むしろ竜よりも長く生きるのかもしれなかった。

（家族……）

カグラにとっての家族は、両親と姉だった。彼らはもういない。

そしてホズミは結局、家族になることはなかった。彼にはほかに、家族がいたから。

「ねぇ、君の名前は？」

「え……」

「名前だよ！　僕はシロガネだ。こっちはアオ。君は？」

カグラはしばし、躊躇《ためら》った。

その名を名乗れば、彼の提案を受け入れることになるのだろうか。

（家族……）

——そうしてまたいつか、大事に思える人に出会うことだってある。

大事な存在に、なれるのだろうか。

自分にとっても、そして——相手にとっても。

「…………カグラ」

言葉は、気づいたら口をついて出ていた。

シロガネは嬉しそうに、満面の笑みを浮かべた。

「カグラ。そうかぁ。——じゃあ僕はこれから君のこと、クロって呼ぶね！」

「————は？」

何故か名乗った名前をうっちゃり、センス皆無な名で呼ぼうとする目の前の男に、カグラはひくりと喉を鳴らした。

「な、なんだと？」

「え？　だって黒いし」

「何を言っている？　なんだそれは」

「絶対しっくりくるよ、クロって。ねぇ、アオ？」

「見た目が黒いからですか？　それでいうと、俺の場合青かったわけじゃないのにアオなんですよね」

「こういうのは直感ていうか、インスピレーションだよ。こうだと思ったら、そうなんだ」

カグラはわなわなと震え出し、同意とは程遠い唸り声を上げた。

「冗談じゃない！　なんだその犬みたいな名前は！　絶対に、絶対にご免だ……！」

楽しそうに、シロガネが笑った。

「でさぁクロ、お腹《なか》空いてない？　一緒にごはん食べようよ」

「話を聞け！」

「ね、竜は人型になれるんだよね？　その恰好《かっこう》だと城に入れないいし、変身してもらっていいかな」

「勝手に話を進めるな、俺はまだ……！」

「お腹空いてるとさー、冷静な判断できないから。とりあえず食べてから話そうよ。ね？」

まったく話が通じない。カグラは唸って考え込んだ。

確かに、一度腹を満たしてから改めて考えてもいいかもしれない。実際、腹も減っている。

それに、目の前には自分を確実に殺せる魔法使いがいるのだ。

死ぬ手段は得た。あとは、機会を得ればいいだけだ。

カグラはしぶしぶ、譲歩する。

「……なら、服を用意しろ」

「服?」

「裸で飯を食えっていうのか?」

シロガネは、一瞬きょとんとする。

そして、ぱっとその白い面《おもて》を輝かせた。

「だよね! 気が利かずに申し訳ない! ちょっと待ってて!」

嬉しそうに弾む足取りで城へと駆け込んでいくその姿に、一体何がそんなに嬉しいのかと、カグラは不思議な気分で見送った。

「では俺は、食事の用意をしなくては。何かお好きなものがあればお作りしますよ、クロさん」

早速その呼び名を口にする青銅人形に向かって、カグラはくわっと牙を剝いた。

「クロじゃねぇ! カグラだ!」

「――クロ！」

ヒマワリがぶんぶんと手を振っている。

「早く！　こっち！」

小さなスコップを片手に、ヒマワリは走り出す。

クロはため息をついて、仕方なくシャツの袖《そで》をまくりあげながら、ゆっくりと後をついていく。

〝カグラ〟が〝クロ〟になって、すでに二十年以上の時が過ぎている。

死を請いに来た黒竜は結局、あれ以来、死を求めることをやめた。

自分を殺してくれる魔法使いはもういないし、今は何故だが、花の種を蒔《ま》くのだという子どもの手伝いをしようとしている。

青銅人形のアオが林の手前で待っていて、走っていったヒマワリが嬉しそうに飛びつく。

クロはきょろきょろとあたりを見回す。城へと続く踏みならされた道の両側に、低い草が茂って広がるだけの場所だ。そこに、三メートル四方ほどを区分けするように、細い縄が張ってあった。

「ここに蒔くのか？　庭じゃなくて？」

「このあたりは殺風景でしたからね。とりあえず今回は小さい範囲で育ててみて、うまくいったら来年からもっと範囲を広げていきましょう」

アオは傍《かたわ》らの鍬《くわ》をひとつ、クロに手渡す。

「はい、どうぞ。まずは草を抜いて耕《たがや》しますよ」

肩を竦めて、鍬を受け取る。

二人が掘り起こした草を、ヒマワリが魔法で浮き上がらせ、縄の外側に一か所にまとめて積んでいく。アオもクロも、人型をしていても力は常人と比べ物にならないので作業はかなりの速さで進み、つい先ほどまでただの雑草が生えた空き地であった場所は、すっかり畑らしくなった。

「こんなものですね。では、種を蒔いていきましょう」

汗なんてかかないくせに、ふう、と息をついて額《ひたい》の汗を拭《ぬぐ》うような仕草をするアオを、芸の細かい奴だなとちょっと感心しながら眺めた。人間らしさの追求は、相当なディテールにまで及び始めている。

アオは袋から種をひとつかみ取り出すと、ヒマワリの掌《てのひら》に載せてやった。

細長く白黒の縞《しま》模様が入った、向日葵《ひまわり》の種だ。

「一～二センチくらいの穴に、三粒程蒔いて、土をかぶせてください。こんな感じで、土はふんわりかぶせてくださいね。押し固めたりしては、芽が出てこられませんから」

アオが実際にやってみせるのをじっと観察してから、ヒマワリは自分も指で土に穴を開け、パラパラと種を蒔いていく。そして持ってきたスコップで、そうっと土をかぶせてやった。

クロも一緒になって種を蒔き終わると、最後は水やりだ。「僕がやる！」と意気込んだヒマワリが、如雨露《じょうろ》を両手で持って楽しそうに畑を駆け回り始める。

疲れたクロはしゃがみ込んで、その様子をぼんやりと眺めた。

その横でアオは、持ち出してきた園芸書をめくりながら、向日葵の育て方について確認している。

「種まきの後、管理はあまり必要ないようです。肥料《ひりょう》はほとんどいりません。吸肥《きゅうひ》力が強いので、肥料をやると大きくなりすぎてしまって綺麗《きれい》に見えない上、頭が大きくなって倒れてしまう……と。しばらくは雑草をきちんと抜いてあげるくらいですね、ふむふむ」

「僕、毎日水まきやるよ！」

「それは助かります。是非《ぜひ》お願いします」

ぱたんと本を閉じ、アオは周囲を見渡した。

「そのうち、ここを一面の向日葵畑にしたいですねぇ」

クロはその光景を思い浮かべた。

太陽を見上げる鮮やかな黄色の花が、どこまでも続いている。

風に揺れるその向日葵の海の間を、子どもが駆け回っている。それはヒマワリかもしれないし、もしかしたら、別の誰かかもしれない。ただ、クロは変わらず、その様子を見守っているだろう。

——そうしてまたいつか、大事に思える人に出会うことだってある。ずっと変わらないものなんか、ないんだ。変わらず永遠のものなんか、ない。

シロガネの言葉を思い出す。

「見て見て！　虹が出た！」

如雨露から流れ出た水の上に、小さな虹が浮かび上がっている。ヒマワリが嬉しそうに目を輝かせながら、両手で如雨露を大きく揺らして雨のように水を振りまいた。

クロはつられて、ふっと笑う。

死を請う竜は、もうどこにもいない。

十　静かな城

背後から迫るいくつもの足音が、自分の荒い息遣いとともに妙に大きく耳に届いた。
誰かに手を引かれながら、彼は走っていた。
もうずっとずっと、走り続けている。息が苦しい。
それでも逃げなければ、危険なのだということはわかっている。
もう、すぐそこまで来ている。
頭上を覆《おお》い尽くす木々がざわめき、不安を煽《あお》り立てた。
ここはどこだろうか。暗くて、なんだか怖かった。
飛んできたいくつもの矢が、腕を掠《かす》め、頭上を通り過ぎ、足下に突き刺さる。
盛り上がった木の根に躓《つまず》き、彼は前のめりに転がった。
背中に、冷たい感覚が走る。
斬《き》られたんだ、と思った。
すぐ傍《そば》で、誰かが叫んでいる。
女の人だ。
倒れた自分を抱きかかえる、柔らかな感触。
ヒマワリはその人を知っている。
ずっと一緒にいた人。
たった一人、自分を守ってくれた人。
——お母さん。

はっと目を覚ましたヒマワリは、体中汗がじっとり滲《にじ》んでいるのを感じた。

窓の外は、まだ薄暗い。

随分《ずいぶん》早く起きてしまったようだ。しかし、もう一度眠る気にはなれなかった。

ベッドの上で身体《からだ》を起こすと、そっと背中に手を伸ばす。

そこに、大きな傷があることは知っている。

今は何の痛みもない。それでも、ついさっき斬られたと思った刃が肉を断つ感触は、鮮明に思い出すことができた。

この夢を見るようになったのは、ここ最近のことだ。

いつも同じ内容だった。誰かに追われ、ヒマワリは必死に逃げ続ける。

ぼんやりとしていた光景は、日に日にはっきりと、現実感を帯びてくる。

あれは、失った記憶だろうか。

自分の掌《てのひら》を、じっと見下ろす。

手を引いてくれた、あの人。あれが自分の、母親なのだろうか。

もしそうならば、今、どこでどうしているのだろう。もしかしたら、自分たちを追っていたあの何者かの手にかかってしまったのだろうか。

夢はいつも同じところで終わってしまう。あれ以降のことが、何も思い出せないでいる。

布団を払って、ヒマワリはベッドを出た。

この夢を見た後は毎回、ひどく不安になる。暗い部屋に一人でいるのは心細かった。真っ暗な廊下を足早に歩いていく。階段を下り、厨房《ちゆうぼう》に明かりが灯《とも》っているのを見つけるとほっとして、吸い込まれるように飛び込んだ。

大きなパン生地を捏《こ》ねている、エプロン姿のアオが目に入る。

思わず彼の腰に飛びつくと、アオはおや、と声を上げる。そのどこかのんびりした声音《こわね》に、ひどく安堵《あんど》した。

「おはようございます、ヒマワリさん。早いですね」

「……目が覚めちゃった」

「何か飲みますか？　ホットミルクでも」

「うん」

作業台の脇に置かれた丸椅子《いす》に腰掛けて、アオが用意してくれたカップを受け取る。両手で包み込み、その温もりをじわりと感じるとほっとした。

ゆっくりとミルクに口をつけながら、アオが手際よく生地を成形していく様子を黙って見つめた。並べたパン生地を竈《かまど》に入れて焼き始めると、今度は大きな鍋に湯を沸かし、野菜を切り始める。キャベツ、トマト、玉ねぎ、ズッキーニ……朝食のスープの具材だろう。トントントントン、と包丁が奏でる規則的でリズミカルな音が、部屋中に心地よく響き渡る。くつくつと沸騰《ふつとう》する鍋から立ち上る真白い蒸気が、朝の冷えた空気を包んで温めていった。

その温かさの中に身を浸しているうち、ヒマワリの不安な気持ちはいつの間にか消え去っていた。

「今日は、庭の甘夏を収穫してマーマレードを作ろうと思うんですよ。お手伝いしてくれますか？」

「！　うん！　クロも？」

「そうですね、クロさんも一緒なら、早く終わりそうですね」

「三人で作ろう！　クロ、起こしてくる！」

ヒマワリは飲み終えたカップを置いて、跳ねるように駆け出した。

窓の外を覗《のぞ》くと、水平線の向こうで空が淡く輝き始めていた。


朝食を済ませると、三人は大きな籠《かご》や梯子《はしご》を持って、揃《そろ》って庭へと向かった。

眩《まばゆ》く色づいた果実がたわわに実った木を、ヒマワリはわくわくと見上げる。

庭の一角に植わっている、甘夏の木だ。

アオに梯子をかけてもらいそろそろとよじ登ると、大きく膨らんだ甘夏を両手で捥《も》いだ。

顔を近づけると、爽《さわ》やかな香りが鼻を抜ける。思わずにっこりとして、ヒマワリは大切に籠へと入れる。

「今年は豊作ですね。基本はマーマレードにしますが、いくつかはそのまま食べて、あとはゼリーに入れましょう。チーズケーキに合わせるのもよさそうですね」

クロも黙々と甘夏を捥いでいる。彼はいつもパンにはマーマレードをつけて食べているし、ゼリーができるのも楽しみなのだろう。

籠いっぱいになると、いい天気だからと外に出したテーブルの上で、早速マーマレード作りを開始した。

「ヒマワリ、火つけてくれ」

「うん！」

クロが水を張った大きな鍋を石組みの上に置き、ヒマワリがその下に魔法で火を熾《おこ》す。

「火加減、これくらい？」

「ええ、そうですね。助かります、ヒマワリさん」

褒められて、ヒマワリはちょっと誇らしげに胸を反らした。

最近は生活の中で、時折こうして魔法を使う。ただし興味本位の魔法は禁止。小規模の魔法に限り、なおかつアオかクロが傍にいる時だけ、という約束はあるけれど、そのおかげでちょっとした力の加減の仕方はだいぶわかってきた。

包丁の使い方をアオに習ったばかりのヒマワリは、甘夏の皮を一緒に刻んでいく。

「いい香り～」

隣のアオは、ヒマワリとは比較にならない速さで包丁を動かし、瞬《また》く間に刻んで山を作っていた。クロはレモンを絞りながら、「なんかもう、見てるだけで酸《す》っぱい」と顔を酸っぱそうにしかめてぶつぶつ言っている。

刻んだ皮を茹《ゆ》で、それをレモン果汁、甘夏果汁、茹で汁と砂糖で煮詰めていく。ぐつぐつと煮立つ鍋の前でようやく一段落した三人は、腰を下ろして休憩しながら残りの甘夏を剝《む》いて、そのまま食べた。

わずかに白い雲の流れる空は青く透き通り、風は爽やかに木々をゆらゆらと揺すっている。波は穏やかで、島の絶壁に打ち付ける音もささやかだ。庭で過ごすには、最高の日である。

なにより隣には、アオとクロがいる。

ヒマワリは甘酸っぱい果実の味を噛《か》みしめながら、ずっとこんな時間が続いたらいいのに、と思った。

頭上に伸びた木の幹に、綺麗《きれい》な色の鳥がとまっている。ヒマワリが立ち上がりうっとり見上げていると、アオがふと気づいたように言った。

「ヒマワリさん、背が伸びたんじゃないですか？」

ヒマワリは自分の頭に手を置いた。鳥がぱっと飛び立っていく。

「そう？　そういえば、裾《すそ》がちょっと短くなったかも」

「そうだ！　ちょっとこちらへ来てください」

「何？」

「ここへ立って」

アオはヒマワリを、真っ直ぐに伸びた一本の木の下に連れてくる。

「動かないでくださいね」

小型のナイフを取り出すと、ヒマワリの頭頂部に沿わせて木の幹に切り込みを入れた。

「これ、『アヴァロンの果ては青い』のカラドックがやってたんですよ！　息子オルウェンの身長を、こんなふうに庭の木に刻んでおくんです。それで毎年同じように誕生日に切り込みを入れて、息子の成長の記録にしていたんですが、なんと青年になったオルウェンは神のいたずらにより記憶を失ってしまうんですよ。その頃カラドックはすでにこの世になく、父のことも切り込みの意味も忘れてしまったオルウェンが、その木の前を素通りしていくシーンがもう切ないやらもどかしいやら……ああ、果たしてオルウェンは記憶を取り戻せるのか!?　そして神々に翻弄《ほんろう》される人々と、王国の運命やいかに……！　新刊がなかなか出ないので、やきもきしております！　――というわけで、はい。ここが現時点でのヒマワリさんの身長ですね。来年またマーマレード作りする頃に、同じようにこの木の前で測ってみましょう。きっとその時には、この印よりもっと上まで背が伸びてますよ」

ヒマワリは目を輝かせながら幹に刻まれた線の高さを確かめ、本当に同じ高さだろうか、と手をかざし、自分の頭とその印の間を何度も比べている。

「僕、アオよりおっきくなる！」

「そうかもしれませんねぇ。人間の成長は速いですから」

「いくら何でも、来年にアオを越すことはないだろ」

「じゃあ、クロよりおっきくなる！」

「ふん、そう簡単に越されてたまるか」

「牛乳を飲むと背が伸びるらしいですよ」

「僕、毎日飲んでるよ」

「はい。きっと、ぐんぐん伸びます」

「ねぇ、二人も印つけようよ」

「なるほど、比較する目標値があると確かにわかりやすいですね。ではクロさん、ここに立ってください」

「俺もかよ……」

クロはしぶしぶ木の前に立つ。

「動かないでください。背筋を伸ばして。ズルしてつま先立ちしたらだめですよ」

「早くしろ。ナイフ持ったお前が目の前に立ちふさがってるのが、不穏だ」

「え？」

わざとナイフをひらひらさせるアオに、クロが苛立《いらだ》って「フリじゃねぇよ！　早く！」と急《せ》かす。

続いて、クロがアオの身長に切り込みを入れてやる。

その途中、ふとアオが声を上げた。

「──あ、来客です」

島への訪問者を探知したらしい。

クロは印をつけ終えると、ナイフをアオに返した。

「行ってくる」

「僕も！」

最近はもう、ヒマワリがついてくることをクロは止めない。相手から姿が見えないように後ろのほうから覗くようにしているし、たまにはヒマワリに非日常を味わわせることも必要だと考えるようになったらしい。

クロの後に続いて、先日向日葵《ひまわり》の種を蒔《ま》いた畑の横を通り過ぎる。宣言通り、毎日の水やりはヒマワリの仕事になっていた。畑では順調に芽が出て、今では一面に緑の葉を茂らせている。花が咲くのが待ち遠しい。

さらに進んで、林を抜けていく。

今日は一体、どんな客だろうか。

「魔法使いシロガネ！　出てこい！」

男の声が響き渡った。

随分と高圧的なタイプが来たらしい。

「シロガネ！　尋常に勝負しろ！」

砂浜に佇《たたず》んでいたのは、年若い青年だった。

「魔法使いは留守にしております」

クロがいつも通り、すげなく対応する。

すると青年は、拳《こぶし》を握りしめて声を上げた。

「我が名は魔法使いトマリ！　噂《うわさ》に名高い大魔法使いシロガネに、正々堂々勝負を挑みにやってきた！」

「留守にしております。お帰りください」

「なるほど、噂通りだ。いつも留守らしい。居留守を使って勝負から逃げるつもりだな、卑怯《ひきよう》者め！」

「……お帰りください」

「大魔法使いと呼ばれる男が、これほど卑怯な弱虫とは！　俺の強さに恐れをなしたか！」

高笑いするトマリに、クロはぼそっと呟《つぶや》いた。

「また面倒くさいのが来た」

魔法の杖を取り出したトマリは、ふわりとその身を浮遊させた。一気に崖の上まで飛ぼうとすると、そこにシロガネのかけた防御魔法が発動し、どろどろとした黒い腕が数えきれないほどに出現する。トマリを地面に引きずりおろそうと、その手足に絡みついていった。

トマリは冷静だった。杖を向け魔法を放つと、群がっていた黒い腕の塊《かたまり》が四散する。

さらに行く手を阻《はば》む魔法が幾重にも現れたが、すべてに対し余裕をもって対処している様は、シロガネに勝負を挑もうとするだけあってかなり優秀な魔法使いであるらしかった。

(杖……)

以前、シロガネを騙《かた》った魔法使いも、手には杖を持っていた。

これまで目を通したいくつかの魔法書にも、魔法の増幅や制御をする道具として杖の説明があったのを思い出す。人によって形や意匠に違いがあり、性能も様々だという。

杖を作ることができるのは、専門の魔道具師だけ。己に合う杖を探すか、自分専用に調整して作ってもらうものらしい。中には、師匠から古い杖を譲り受ける場合もあるという。

(杖があったら、僕の魔法ももっと強くなるかな?)

トマリは襲い掛かってくる魔法に対抗しながら、じりじりと崖の上まで迫ってきていた。

「ヒマワリ、中に入ってろ」

このまま突破される危険を感じたのか、クロはヒマワリを庇《かば》うように前に出る。

彼の気配が、いつになくぴりりと引き締まるのがわかった。必要があれば、竜になるつもりなのだ。

「僕も手伝う!」

「だめだ」

「だって、相手は魔法使いだよ。僕の魔法だってきっと役に立つよ」

背後から肩にぽんと手を置かれ、ヒマワリは驚いて振り返る。

「ヒマワリさん、どうか城へ。ここは俺たちに任せてください」

「アオ！」

アオはいつも、来訪者はクロに任せてほとんどこの場へはやってこない。その彼がここにいるということは、よほどの事態ということなのだろうか。

「でも」

「大丈夫ですよ、さぁ」

不承不承《ふしょうぶしょう》ヒマワリは頷《うなず》き、何度も二人を振り返りながら、城へと続く道を戻っていった。

こういう時、やっぱり悔しいと思う。

ヒマワリは、彼らと対等になりたいのだ。シロガネがそうであったように。一緒に何かに立ち向かうこともできず、守られるだけの役立たずでいるのは嫌だった。

ため息をつきながら玄関扉に手をかけて、はたと立ち止まる。

（そうだ、マーマレード）

作っている途中だった。

庭に駆けていくと、火にかけたままの鍋がいい香りを漂わせていた。もうだいぶ煮詰まってきているので、そろそろ火を消したほうがいいかもしれない。

重量感のある硬質な音が、島中に響き渡った。はっとして顔を上げる。

巨大な青銅人形の横顔が、林の向こうから覗いていた。アオがその姿を見せるのは、ヒマワリがここへやってきたすぐ後、軍艦に囲まれて以来だ。あのトマリという魔法使いは、それほどに手ごわい相手だということだろうか。

それでも、アオとクロならばいつものように彼を追い返すことだろう。二人がとても強いことを、ヒマワリは知っている。

力になれない代わりにせめて片付けくらいはしておこうと、魔法の火をぱっと消した。足下で子うさぎが一羽、草を食《は》んでいる。うさぎたちの行動範囲は概《おおむ》ね丘のある島の北側のはずで、この庭にやってくるのは珍しかった。周囲に親やきょうだいの姿はない。

「なんだお前。はぐれたの？」

親のところへ返してやろうと抱え上げ、巣穴に向かう。ほわほわの毛にぬくぬくとした温かさが心地よい。

その時、大木が倒れたような大きな音がして、地面がわずかに震えた気がした。ぎくりとして立ち止まる。

先ほどまで見えていた青銅人形の姿が、どこにもないことに気づく。代わりに黒竜が翼を広げて飛翔し、激しい鳴き声を上げて炎を吐いていた。

そのただならぬ気配を感じ取ったのか、子うさぎはヒマワリの腕の中からぴょんと這《は》い出して叢《くさむら》の中に逃げ込んでしまう。

不安が、じわりと滲んだ。

（大丈夫だよね……？）

二人は強い。

それでも、もしも彼らがひどい怪我をしたり、万が一死んでしまったりしたら――そう考えるだけで、ぞっとした。

（そんなのは、絶対に嫌）

一瞬、暗い影が頭上を通過した。なんだろうと思った、次の瞬間。けたたましい音を立てて城の西側に黒竜が激突するのを、ヒマワリは大きく見開いたその目に映した。

「――クロ!?」

愕然《がくぜん》とする。

竜はそのまま地面に落下し、その上に崩れた瓦礫《がれき》が覆いかぶさっていく。

黒く光る鱗《うろこ》に覆われた身体のあちこちから血が流れ出しているのが見えて、ヒマワリは息を呑《の》んだ。

「クロ！」

我に返ると、すぐさま彼に駆け寄っていく。

浮遊したトマリが、警戒したように竜に杖を向けたまま下りてくるのが見えた。

「趣味で覚えた対竜魔法が、こんなところで役に立つとは思わなかった」

苦々し気に、トマリが呟くのが聞こえた。

「信じられない……青銅人形に、竜だと？　大魔法使いシロガネは、絶滅種のコレクターでもやってるのか？　それとも魔法でキメラを作り出したか？」

「クロ！　クロ……！」

必死に呼びかけたが、クロは瞼《まぶた》を閉じたままだ。

倒れ伏し動かない黒竜に縋《すが》りつきながら、ヒマワリは身体が震え出すのを感じた。

不安で、胸がどくどくと激しく波打つ。

（アオは……？　アオはどうなったの？）

ヒマワリは魔法を発動させ、己の身体《からだ》を一気に空高く飛翔させた。

突如《とつじょ》として視界に飛び込んできた少年の姿に、トマリはぎょっとしている。

「魔法使い……？」

砂浜には、海水に半身を沈めた状態で横倒しになった青銅人形の巨体が確認できた。胸が大きく凹《へこ》んで変形しており、完全に動きを止めているその姿は、機能停止してしまったように見えた。

「アオ……！」

「少年！　君は大魔法使いの弟子か？」

トマリが声をかけた。

「君の師匠はどこにいる。魔法使いならば、こんな怪物たちをけしかけるのではなく、堂々と自《みずか》らが姿を見せて魔法で応じるべきだろう！」

（怪物……？）

ざわり、とヒマワリの内側で何かが蠢《うごめ》く。

「ここまでして出てこなければ、シロガネは勝負を恐れて逃げたと判じるぞ！」

動かなくなったアオとクロの姿を見下ろす。

もしもこのまま二人が、起き上がることがなかったら。

「そのような者、大魔法使いの名に値《あたい》せず！　即刻勲章《くんしょう》を取り上げるべきだと、魔法の塔へ訴えるぞ！　さぁ、呼んできてくれ、今すぐに！」

トマリの言葉は、もはやほとんど耳に入っていなかった。

音を立てて、扉が開いた。目には見えないその扉の向こうから、急激に大量の魔力が流れ込んでくるのを感じる。身体の隅々《すみずみ》まで魔力が満ちていくその感覚には、陶酔感すらあった。懐かしい香りを嗅《か》ぐような、その身にぴたりと寄り添うような慕わしさが、魔法にはある。

ヒマワリの小さな身体は、やがて光を帯び始めた。溢《あふ》れる魔力が身の内から迸《ほとばし》り、その身を彼の髪のごとき眩い黄金色に染め上げていく。手にした魔力はどこまでもどこまでも膨らんで広がって、押し寄せ渦巻く波のように唸《うな》った。

ヒマワリの魔力を孕《はら》んだ島の空気は、触れるだけで切れる刃のように研ぎ澄まされていく。

やがてそれは、大地をも震わせ始めた。驚いたうさぎたちが、巣から一斉に飛び出して散っていく。古城の壁には、音を立てて大きな亀裂《きれつ》が走った。

ヒマワリを取り囲む巨大な魔力が形を取り、一気にトマリに襲い掛かる。トマリの目には、それはいくつもの首を持つ黄金の竜のように映った。

反射的に杖を構えると、トマリは防御結界を展開した。しかし黄金の竜は結界に食らいつくと、バリバリと勢いよく食い破っていく。まるで紙切れのようにあっさりと結界が破られていく様に、トマリは息を呑んだ。

「なんだこれは……こんな子どもが……」

（もっとだ、もっと強力な魔法を――）

魔力がさらに流れ込んでくる。激流のようなそれは、徐々に体の輪郭《りんかく》がわからないほどに満ち溢れた。

どくどくと、己の血が逆流したような感覚。身の内で、何かが激しく暴れ始める。

それは荒れ狂い、渦を巻くように蠢いて止まらない。

世界が鳴動し、ひび割れるような音が耳の奥で響いた。

ヒマワリは頭を抱え、身体を丸めた。

くらくらと眩暈《めまい》がする。

必死で黄金の竜を食い止めていたトマリは、彼の様子がおかしいことに気づき声を上げた。

「おい、魔力の流入を止めろ！　扉を閉めるんだ！　許容量を超える魔力を引き込めば、お前の身体がもたないぞ！」

咆哮《ほうこう》を上げる巨大な魔力に、ヒマワリは翻弄されていた。

押さえ込もうとするがそれは言うことをきかずに、圧倒的なうねりとなって膨張し、勢いはとどまるところを知らない。黄金の竜はいつしかそのうねりに取り込まれ、もはや形も判然としなかった。

自分の身体が自分のものではなくなったような気がして、ヒマワリはどうすればいいのかわからなかった。扉を閉じようにも、もうその扉が判然としない。

恐怖を感じた。制御できない暴れ馬に乗っているような気分。しかし飛び降りることもできない。

身体があちこち歪《ゆが》んで、引きちぎられそうだ。

（飲み込まれる――――！）

うねりの中に、引きずり込まれていく。

ヒマワリは、獣《けもの》のような悲鳴を上げた。

途端に、何かが弾けた。

流れ込んでいた魔力が、その身から押し出されるように、一気に飛び散っていく。

それは海の上まで波及して、海面を激しく抉《えぐ》った。激しい同心円状の波が幾重にも折り重なって、四方へ広がっていく。

ふらりと意識が遠のいた。

浮いた身体を支えることもできずに、ヒマワリの身体は地上に向かって真っ逆さまに落ちていく。地面に叩きつけられる、と思ったが、途中で柔らかな何かに優しく受け止められるのを感じた。

もう、指一本動かせない。身体が恐ろしいほど重くて、思う通りにならなかった。

「……制御の仕方もわからず、魔力を振り回すものではありませんよ。それがどれだけ危険なことか、教える者もいないようですね」

穏やかで柔らかな、女性の声だった。

重い瞼をわずかに開くと、品のよい白髪の婦人がヒマワリを見下ろしている。その手には、年季の入った貫禄のある太い杖が握られていた。

（魔法使い――）

「師匠！」

トマリが焦ったように、声を上げて下りてくる。

「どうしてここに！」

「お前を連れ戻しに来たのよ。まったく、なんと無謀《むぼう》なことを……」

「ですが師匠！」

「お黙りなさい」

静かな叱責《しっせき》ではあったが、トマリは先ほどまでとは打って変わってしゅんと小さくなった。

不穏な鳴き声が響いて、彼女は振り返った。

瓦礫の中から身を起こした黒竜が、二人を睨《にら》みつけている。

その姿に、ヒマワリは泣き出しそうになった。

（クロ――生きてる――）

竜は侵入者たちに向けて炎を吐き出そうと、牙を剝き出しにして大きく口を開いた。

「弟子の非礼を深くお詫《わ》びします、黒竜」

恐れる様子もなく竜に話しかける女性には、凛《りん》とした威厳のようなものが漂っていた。

「私は西の魔法使い。シロガネの、古い知り合いです」

（西の――魔法使い？）

四大魔法使いの一人。

どうしてそんな人が、この島にやってきたのだろうか。

だが思考はまとまらないまま、ヒマワリの意識は突如、そこで途切れた。


「本当にこの度は申し訳のないことをしました。――トマリ、お前も謝りなさい」

師である西の魔法使いアンナに厳しい目を向けられ、トマリが不承不承、「すみませんでした……」と頭を下げる。

クロとアオは応接間で、この二人と向かい合っていた。

「ですが師匠！　師匠が仰《おつしや》ったんです。世界最高の魔法使いは、シロガネであると！

自分にとっての最高の魔法使いは師匠です。その師匠よりもすごい魔法使いがいるなんて、この目で確かめなくては信じられません！　だから──」

「だから人様の敷地に無断で侵入し、家を破壊し、無関係な人たちに怪我を負わせてもよいと言うつもりですか？」

「……いえ」

はぁ、とアンナは大きくため息をつく。

そして、クロとアオに向き直る。

「ごめんなさい。この子は魔法使いとしては優秀なのだけど、魔法のこととなるとのめりこみすぎて分別がつかないところがあって……。崩れた城の修繕は、トマリに責任をもってさせます。私が監督しますので」

アンナはちらりと、クロとアオの姿を確認する。

「よろしかったら、私に怪我を治させていただけないかしら。これでも治癒《ちゆ》魔法については、第一人者を自負しています」

「結構です」

じろりと二人を睨みつけるクロに、アオが口を挟む。

「クロさん、治癒してもらったほうがいいですよ。そんな顔ではヒマワリさんが心配するでしょうから」

クロの頬《ほお》と額《ひたい》には、大きな切り傷ができていた。

竜の鱗は強靭《きょうじん》で、一般的な魔法では傷つけることも困難だ。だがトマリの使った対竜魔法は、いくらか不完全なものであったとはいえ少なからずクロに傷を負わせていた。アンナが言う通り、実際優秀な魔法使いなのだろう。といっても致命傷とまではいかず、擦《す》り傷切り傷、打ち身といったところだ。しばらく動けなかったのは、頭を打って一時意識が飛んだからだった。

アンナが少し考えるように、アオを眺めた。

「あなたは……私の治癒魔法では治せないわね」

「ご心配なく。ある程度は自己修復機能がありますし、先ほどはエネルギー切れになっただけですから、大きな損傷はありません。それよりクロさんをお願いします」

「いいって！」

「心配なさらなくても、痛くありませんよ」

「そういう心配をしているわけじゃ――」

「シロガネも」

その名を口にするアンナの声は、ひどく懐かしそうだ。

「私の治癒魔法は素晴らしいと、褒めてくれたものです。どうか、安心してください」

「……シロガネと、本当に知り合いなのか？」

思わず素の話し方になってしまった。

アンナはにこりと笑う。

「ええ、随分昔のことになりますけどね。お互い、まだ若かったわ」

さぁ、と手を差し出され、クロはむすっとしながらも自分の手を重ねた。

温かな光が彼女の手から溢れ出し、それがクロの中へと浸透していく。魔力を人体に流し込み、もともとその人の持つ自然治癒力を究極まで高めることで、傷や病を治すのが治癒魔法だ。

クロの身体にできた傷は、みるみるうちに消えていく。それは優しい手に撫《な》でられるような心地の良い感覚だった。なんとなく、このアンナという女性の人柄を感じる魔法だとクロは思った。

「いかが？　痛むところはありませんか？」

「──ああ」

「ヒマワリさんも、治癒魔法で治りますか？」

アオの問いに、アンナは少し表情を曇《くも》らせた。

意識を失ったヒマワリに怪我はないようだった。だが、いまだに目が覚めず、部屋で眠り続けている。

「あの子は、魔力を制御しきれず暴走させ、溢れかえった魔力による影響を受けたのです。私が無理やりそれを拡散させましたが、今は身体がひどく驚いているような状態でしょう。治癒魔法で治るといった類《たぐい》ではありません」

「目は覚めるのでしょうか？」

「様子を見ないと、なんとも言えませんね。人によっては、あんなことになれば四肢《しし》がばらばらになってしまうことだってあり得たのですが、あの子は見たところ、そこまでのダメージは受けなかったようです。ただ、目に見えない部分に傷を負った可能性はあります」

「目に見えない部分？」

「精神面に影響が出るか、あるいは魔法を操る上で何らかの障害が出る……そういった事例は、実際にあります」

　クロもアオも、表情を険しくした。

「トマリ、お前はすぐに城の修繕に取り掛かりなさい」

「はい。師匠は……」

「私はもう少しお二人にお話があるの。後で確認に行きますからね。きりきり働きなさい」

「はい……」

　しかしトマリはすぐには出て行かず、そわそわと部屋を見回す。

「あの、本当にシロガネ——殿は、いないんですか？」

「留守にしております」

「そう、ですか……」

　叱られた子どものような顔で、もう一度深々頭を下げる。去っていくトマリの後ろ姿に、クロは警戒と嫌悪の混ざり合った視線を送った。

　アンナがため息をつく。

「こんなことになって、シロガネにどう詫びればいいか……」

「まったくだ。ろくでもない弟子だな」

余所《よそ》行きの顔と言葉遣いはすっかり捨て去り、クロは吐き捨てた。

「根は悪い子ではないのですよ。それにあれでも、前回の薔薇《ばら》の騎士なのよ。ご存じかしら」

「薔薇の騎士……魔法比べの優勝者の別名ですね。なるほど、道理で強いわけです」

アオが得心したように言うと、クロは「はん！」と顔を背けた。無様に吹き飛ばされたことが気に入らないのだ。

「修繕が終わったら、とっとと帰ってくれ。薔薇の騎士だろうがなんだろうが、迷惑だ。シロガネはいつ帰るかわからない。ここで待っていても無駄だぜ」

「ええ、そうね。シロガネはもう――亡くなったのですもの」

その言葉に、クロとアオははっとする。

「……あんた」

アンナは悲しそうに微笑《ほほえ》んだ。

「もう十年ほど前になりますが、彼から手紙が届きました。シロガネは、自分が死んだら私にその手紙が届くように、魔法をかけていたの」

「それなら、あんたの弟子はなんで……」

「トマリは、シロガネが死んだことを知りません。トマリだけじゃない。私以外、誰も知らないのです。私はこの十年、彼の死を誰にも話すことはありませんでした」

「どうして……」

「きっと、あなたたちと同じよ」

ふふ、とアンナは自嘲《じちょう》するように笑う。

「手紙には、あなたたちのことが書いてありました。残された家族に、何かあった時はよろしく頼む、と」

クロもアオも、そんな手紙があったことに驚く。

「青銅人形に、竜……シロガネらしいわね。やっぱり彼は、偉大な魔法使いだった」

懐かしそうに呟く。

「あの人は、血の繋《つな》がった家族とは絶縁していたから……そんな彼が、家族と呼ぶ存在を持てたのだと知って、私は嬉《うれ》しかった」

「家族……」

クロは、思わずその言葉を呟いた。

シロガネが誰かに、自分たちのことを家族として語っていた。それは、初めて知る事実だった。

――僕が、君の家族になるよ。

胸の奥で、喜びがじわりと滲む。

「シロガネの最期《さいご》は、どんな様子でした？」

アオは思い返すように、目を閉じた。

「……眠るように、静かでした」

「そう……よかった。お墓は、あるのかしら？」

「島の北側に」

「では、あとで挨拶《あいさつ》に行くわ。――ところであの少年のことだけれど。彼は、一体何者？何故《なぜ》この島にいるのです？」

アオはこれまでの経緯を、一通り説明した。舟で漂着したこと、記憶がないこと――ただし、ヒマワリがヒムカ国の王子であるという部分だけは伏せた。

話を聞き終えたアンナは、少し考え込む。

「暴走させたとはいえ、あれだけの魔力を受け入れられる魔力容量は、他に類を見ないものです。私が知る限り……シロガネに匹敵するでしょう」

「そうなんですか？」

「あの子の今後については、どう考えているのかしら。記憶がなく、身寄りもない。ずっとここで、面倒を見ていくつもり？」

「それは……」

バタン！　と音を立ててドアが開いた。

必死の形相のヒマワリが、寝間着のまま飛び込んでくる。

「アオ！　クロ！」

二人に向かって、ぶつかるように抱きついた。

そのまま声を上げて泣き出してしまう。

「ヒマワリ、お前、身体は？　平気か？」

「ヒマワリさん、痛いところや、気持ち悪いところはないですか？」

ヒマワリは涙をこぼしながら、ぶんぶんと首を横に振った。

「ふ、二人とも……動かないから……し、死んじゃったら、どうしようかと、思ったぁ……」

「あんなの大したことねーし。見ろ、傷ひとつ残ってないだろ」

アンナに治してもらったことについては触れず、クロは嘯《うそぶ》いた。

「……うん」

「ヒマワリさん、裸足《はだし》じゃないですか。床は冷たいでしょう。ほら、ここに座ってください」

ひとしきり泣いたヒマワリは、やがて少しずつ落ち着きを取り戻してきたようだった。

安楽椅子へと腰掛けると、アオが持ってきたスリッパに足を通しながら、袖《そで》で涙を拭《ぬぐ》う。

様子を見守っていたアンナが、立ち上がってヒマワリに近づいた。

涙に濡れた目で、ヒマワリは訝《いぶか》しそうに彼女を見上げる。そして、はっとしたように言った。

「西の、魔法使い？」

「ええ、アンナといいます。ヒマワリ、あなたはしばらく安静にしていなくては。魔力が暴走したせいで、あなたの身体は大きな打撃を受けたんですよ」

「暴走……」

「自分でも感じたのでは？　あなたの思う通りに、魔法を操ることができなかったはず」

思い当たるのか、ヒマワリは恥じるように視線を落とす。

「あのままでは、あなたは魔力の肥大化によって、その身が滅ぼされていたかもしれません」

「滅ぶ……」

「死んでいた、ということです」

ヒマワリは目を瞠《みは》る。

「あなたは魔法を扱っていますが、それは、誰かに教わったりしましたか？」

「……本で、読んだだけ」

「なるほど。基本的なことを習得せずに、感覚で魔法を操っているのでしょう。それでは今後も、今日のようなことが起こるかもしれません」

「僕……死ぬの？」

アンナは「いいえ」と優しく言って、ヒマワリの前に屈みこむ。

その目を真っ直ぐに見据えながら。

「きちんと学んで、魔法というものをよく知れば、自在に制御できるようになります」

「本当？」

「ヒマワリ。私の、弟子になりませんか？」

「え？」

「魔法使いは皆、幼い頃に師に弟子入りし、そこで魔法について学びます。独学では、今日のようなことが起きるからです。私のところで、魔法を学んでみませんか？」


海を望む丘を越えていくと、人影が見えた。

朝の光を受けて輝く白い墓石の前に、アンナが一人佇んでいる。

彼女は空の手に真っ白な百合《ゆり》の花を魔法で現すと、それを墓前にたむけた。膝《ひざ》をつき、何か語りかけるようにじっと石に手を当てる。

百合の優美な花弁は、シロガネを想起させた。彼の美しい銀の髪が、目の前をなびく様子がまざまざと蘇《よみがえ》ってくるようだった。

彼女が立ち上がったところで、アオは声をかけた。

「おはようございます」

振り返った彼女は、にこりと微笑む。相手を安心させるような、柔らかな空気を持つ人だ。

「おはよう」

昨夜はトマリが徹夜で修繕作業を行うことになり、アンナには客間に泊まってもらった。今朝方、すっかり元通りになった城を確認したアオは、ほっとすると同時に、薔薇の騎士だというトマリの能力が相当に高いものだという事実を認めた。

そのトマリは今、疲れ切って眠りこけている。

アオにとって、薔薇の騎士というのは興味を惹《ひ》かれる存在である。というのも、彼の愛する『薔薇騎士物語』は、魔法比べの優勝者である薔薇の騎士に着想を得て書かれた本なのだ。

アオもまた、手にした花を墓前に捧げた。毎日こうしてシロガネに会いに来るのが、彼の日課だ。

「何かご不便はないですか?」

「とても快適です。ありがとう。ヒマワリの様子はどう?」

「それが、すっかりへそを曲げてしまったようで……」

昨夜、アンナの弟子にならないかという提案を、ヒマワリは即座に断った。

「弟子になる……?」

「代々西の魔法使いが住む、金色の谷間に私の城があります。そこで、あなたに魔法の使い方を教えましょう。ほかにも数名の弟子が暮らしています。彼らと一緒に――」

「行かない」

「ヒマワリ。このままでは、あなたと、そしてここにいるアオさんとクロさんにも、危険が及ぶかもしれません」

「嫌」

「どうして嫌なのか、理由を教えてくれますか？」

アンナの口調はあくまで優しい。しかし、ヒマワリは頑《かたく》なだった。

「ここにいる。ここでアオとクロとずっと暮らすの。どこにも行かない」

そう言って、部屋に籠《こ》もってしまった。


昨夜のやりとりを思い返しているのだろう、アンナは困ったように笑う。

「すっかりあなた方に懐いているようですね」

「そうでしょうか」

「あなた方にとっても、あの子が大事な存在なのだということは、見ていてわかります。いきなり手放せというのは、納得がいかないことでしょう。……ですが、このまま放置するわけにはいきません。昨日の様子を見れば、おわかりいただけるでしょう。次は何が起きるかわかりません。その時、あなたたちにあの子を止めることができますか？」

「俺もクロさんも、ヒマワリさんには師となる人が必要だとは考えています。いつかシロガネが戻ったら、ヒマワリさんを弟子にしてもらおうと……」

アンナはちらりと、墓石に視線を向けた。

「……シロガネは、死んだのですよ」

「シロガネは、必ず戻ると言いました」

「戻る？」

「はい。ですから俺たちは、彼が戻るのを待っています」

憐《あわ》れむような目を向けられ、アオは「ご心配なく」と言い添える。

「俺たちは、死というものを理解していないわけではありません。シロガネはすでにこの世にいない。その身体も、墓の下で朽《く》ちている。それはわかっているのです。ですが、彼は嘘《うそ》をついたりしません。だから、戻ってくるはずです」

「……確かにあの人は、有言実行の人でした」

「あの、ヒマワリさんがアンナさんの弟子になったら、もうここへ来ることはできないのでしょうか？」

「魔法使いは十歳前後で弟子入りして、十七、八歳で独り立ちします。あの子が私のもとへ来るなら、その間はここを離れることになりますが、独立後はどこで暮らすのも自由ですし、弟子でいる間も休暇くらいは取れますよ。本人が希望すればね」

「そうですか……」

それでも、これまでのように毎日一緒にはいられないのだ。永遠に会えなくなるわけではないけれど、きっと自分はとても寂しくなるのだろうと、アオは思った。

ただ、モチヅキに魔法について教わっていた頃のヒマワリは、いつも目を輝かせて楽しそうだった。ヒマワリは、もっと深く魔法について知りたいはずだ。

何よりアンナの言う通り、このまま魔法を使い続ければ、いつかヒマワリ自身が危険な目に遭《あ》ってしまうかもしれない。

「ヒマワリさんがいなくなるのは、寂しいので気が進みません。でも、ヒマワリさんは魔法について学ぶことが好きですすし、学ぶべきだと思います。あなたのもとへ行けば、思う存分それができて、きっと立派な魔法使いになれるのでしょう……」

言いながら、アオは戸惑うように首を傾《かし》げた。

「どちらも俺の感情なのに、どちらも反対を向いていますね」

「青銅人形。あなたはとても人間らしい感情を持っているのですね」

「そうですか？」

「あの子のことを、本当に思いやっているのがわかります」

「では、人間はこういう時、どうするのでしょう」

「難しいですね。人間は、だから悩むのです。己の想いと、相手の気持ちと、目の前の現実——それらがひとつになることは、稀《まれ》ですから」

アンナは微笑んだ。

「後悔のないように、考えてみてください。あなたの心に従えば、きっと答えは出るでしょう」

「あの人たち、まだいるの？」

朝食を終えて居間に姿を見せたヒマワリは、ソファで新聞を読んでいるクロの隣にぽすんと腰を下ろした。

「トマリってやつは客間で寝てる。西の魔法使いは、さっき外に出ていった」

「西の魔法使いって、女の人なんだね」

「確か今は、西と南が女、北と東が男だったかな」

「よく知ってるね。有名なの？」

「そりゃな。四大魔法使いについては、新聞でもたまに取り上げられてる」

「ねぇ、僕、行かないからね。弟子になんかならないよ」

クロは新聞に目を落としたままだ。

「昨日みたいな失敗、もうしないから。大丈夫だよ、ちゃんとできる。それで、ああいう時は僕が魔法で二人を守れるようになるよ。そうしたら安心でしょ？」

「――行けよ」

ばさりと新聞を畳んで、クロが言った。

「え？」

「西の魔法使いのところへ行け」

ヒマワリは驚いた。

「……なんで？　行かないよ」

「お前は魔法使いだ。魔法使いの世界で生きるべきだろ」

クロは新聞を、無造作にテーブルに放る。

「もともとお前をこの島に置くのだって、少しの間のつもりだった。そろそろ、今後の身の振り方を考えるべきだ」

「……やだ」

ヒマワリはぱっと立ち上がった。

「やだよ、ここにいる！」

感じたのは、恐怖だった。

ここから出て行けと、いつか言われるかもしれないとずっと不安だった。そして、ついにその恐れていた瞬間が来てしまったのだ。

「どこにも行きたくないよ！」

「安心しろ。向こうに行けば友達もできる。ここでのことなんか、すぐ忘れるさ」

「友達なんかいらない！　僕はアオとクロがいればいいんだ、これからもずっと！」

さっきから、クロはこちらを見ようとしない。

「……あのな。お前は、刷り込みに惑わされてるだけだ」

意味がわからず、ヒマワリは目を瞬かせた。

「刷り込み？」

「ひな鳥が、生まれて最初に見た相手を親だと思って、どこまでもついていく。それと同じだよ。記憶をなくしたお前が、最初に目にしたのが俺とアオだった。だからお前の頭の中には、俺たちがいなきゃだめだという根拠のない感情が無意識のうちに植え付けられてるんだ」

ヒマワリは呆然《ぼうぜん》として、クロの横顔を見つめる。

「思い込みだ、全部。俺たちがいないと不安だっていうなら、それは刷り込みによるまやかしでしかない。お前は俺たちがいなくても生きていけるし、楽しくやっていける。保証するよ」

「違う……」

それはまるで、自分のすべてを否定されたような言葉だった。

思わず、震える声を上げる。

「違う……そんなんじゃない」

この胸にある感情が、二人への想いが、まやかしだというのだろうか。

「そんなの、勝手に決めつけないでよ！」

「いつかきっと、俺の言ったことが正しかったとわかる日が来るさ」

「違う！　僕は二人のことが好きだから、だから……！」

クロは大きくため息をついた。

億劫《おっくう》そうに、その黒髪をかき上げる。

「あー……人がせっかく、遠回しに言ってやってるのに」

「……え」

「はっきり言わないと、わかんねーのか？」

クロの声はいつになく冷たく、そして苛立ちが込められていた。

ヒマワリは思わず、身を強張《こわば》らせた。

「昨日みたいに、お前の箍《たが》が外れてこの島も俺たちもめちゃくちゃにされたら困るんだよ。だから、出て行けって言ってるんだ」

「二度としないったら！」

「——迷惑なんだよ！」

ぴしゃりと叩きつけられたその言葉に、ヒマワリの喉《のど》がひくっと鳴った。

「ここはシロガネの島だ。あいつが戻ってくるまで、ここを守るのが俺たちの役目だ。お前がいたら、いつ島ごと吹き飛ばされるかわからない。そんなことになったら俺たちは、シロガネに顔向けできないだろうが！」

シロガネの名に、ヒマワリの心がひりつく。

「お前が来るまでは、俺とアオで静かに暮らしてたんだ。お前がいると騒がしいし——邪魔なんだよ。そもそも俺は、子どもなんて嫌いなんだ。もう、面倒なお前の子守りにはいい加減うんざりしてた」

「……嘘！」

抗議の声は、消え入りそうなほど掠《かす》れていた。

「そんなの嘘だ！」

クロが立ち上がる。

「さっさと、荷物まとめろ」

そのまま部屋を出て行こうとするクロを、ヒマワリは必死で引きとめる。

「待ってよクロ！　クロ……！」

しかし、クロは足を止めない。

拒絶するようなその後ろ姿に、ヒマワリは焦《じ》れたように叫んだ。

「どんなに待ったって、シロガネは帰ってこないよ！　――シロガネは、死んだんだ！」

クロの纏《まと》う空気が、ぴしりと凍りつくのを感じた。

怒りを湛《たた》えた瞳が、突き刺すようにヒマワリを射貫く。

「うるさい！」

厳しい声に、びくりと身体が震えた。

涙が、ぶわっと湧き上がってくる。

「なんですか、どうしたんです？」

アオが顔を出したが、クロはその横をすり抜けて出ていってしまう。ヒマワリは声を上げて泣き始めた。

「ヒマワリさん？　何があったんですか？」

ヒマワリは答えず、大声で泣きながら部屋を飛び出した。

外に出ると丘の上まで一気に走って、崩れ落ちるようにしゃがみ込む。そのまま、わぁわぁと脇目も振らず泣いた。

散々泣いて、泣き疲れてきた頃、誰かが近づいてくるのに気づいた。アオが追ってきたのだろうかと思った。

しかし顔を上げると、そこにはアンナの姿があった。

西の魔法使い。彼女があんなことを言い出さなければ、こんなことにはならなかったのに。恨めしくて、ヒマワリは彼女を敵意を込めた目で睨みつけた。

「あなたの弟子になんて、絶対にならない！」

アンナは穏やかな表情を浮かべたままだ。

「僕は、どこにも行かない……！」

ぼろぼろと涙を流すヒマワリに、アンナは優しく問いかけた。

「どうして、泣いているのです？」

それは慈愛と思いやりに満ちた声だった。

「……僕のこと……邪魔だって」

クロの言葉を思い返すと、また涙がとめどなく溢れてくる。

「迷惑だって……出て行けって……」

泣きわめきすぎて、すでに喉が痛い。

それでもまた、ヒマワリは声を上げて泣いた。

泣いても泣いても止まらない。胸の奥が握りつぶされたように苦しかった。

丸まった背中に、温かな手が触れる。

「あなたは、彼らのことが大好きなのね」

アンナは、優しく背中を撫でてくれた。なんだかとてもいい匂いがする。その優しい匂いは、どこか懐かしい気がした。

覚えてもいない母親の匂いは、こんなふうだっただろうか。

「彼らと、ずっと一緒にいたいのね」

「でも、もういられない――嫌われた」

「嫌いと言われたの？」

ヒマワリは首をぶんぶんと振って否定する。

「怒らせた……」

――シロガネは帰ってこないよ！　シロガネは、死んだんだ！

言ってはいけないことを口にしたのだと、自覚している。

「アオもクロも、僕のことなんていらないんだ。シロガネさえいればいいんだもの」

「そうかしら？」

何も知らないくせに、とヒマワリはぐっと唇を噛みしめる。

「出て行くように言ったというなら、それは——あなたが子どもだからではなくて？」

意外な言葉に、ヒマワリはわずかに顔を上げた。

「え？」

「あなたはここで暮らしたいという。でも今のあなたには、己の道を選べるだけの力も知識もないのです。望みを叶えたいというなら、あなたはまず、大人になる必要があります」

「おとな……」

「あなたが望むのは、ただ庇護《ひご》されるだけの子どもでいること？　それとも、彼らと対等な立場になりたいかしら？　それなら、一人で立つことができるようにならなければ」

アンナは純白のハンカチを取り出すと、ヒマワリの涙をそっと拭ってくれる。

「そのために、私を利用してはどうかしら」

「利用？」

「これでも私は、人材育成には実績があるのよ。トマリを見たでしょう？　ちょっと困ったところはあるけれど、あの子は魔法使いとしては将来を嘱望《しょくぼう》されているの。でも一人前になって独立したらどこへ行こうと何をしようと、それは彼が、彼自身の意志で決めること。誰も口は挟まないわ。どう？　あなたもそんな大人になってみるのは」

アンナはにっこりと笑う。

「一人前の魔法使いとなって認められれば、シロガネをも超えることができるかもしれませんよ」

「シロガネを……？」

「ええ。あなたにその気があればね。あなたには、それだけの才能があります。私は、そのつもりで教えますよ。どうかしら」

柔らかな手が、ヒマワリの手を取る。

その感触は、やはりどこか懐かしかった。

「魔法は、嫌い？」

「……好きだよ」

「よかった！　あなたに知ってほしい、素敵な魔法がたくさんあるのよ。それに、あなたがどんな新しい魔法を生み出すかも、見てみたいわ」

「魔法を、生み出す？」

「ええ、そうよ。既存の魔法を操るだけが魔法使いじゃないの。あなた次第で、誰も見たことのない魔法を作り出せるわ。――どう、興味ない？」

半分開いた扉をコンコンとノックして、アオは中を覗いた。

北の塔の上、クロの部屋だ。

古いカウチにだらしなく身を預けたクロは、片手にワインがなみなみと注がれたグラスを持ち、もう片方の手には酒瓶《さかびん》を握りしめている。赤黒い液体をがぶがぶと飲み干し、空になったグラスにまた注ぐ。

「ヒマワリさん、泣いていましたよ」

クロは何も言わず、さらに酒を呷《あお》った。

「何があったんですか？」

「……あの魔法使いの、弟子になれって言ったんだ」

「クロさんは、そのほうがいいと思うんですか？」

「ほかにどうしろっていうんだよ」

「ヒマワリさんが、ここを出ていっても、いいんです？」

「また昨日みたいなことが起きたら、俺たちじゃあいつを止められない」

「そうですね」

「……あいつを、死なせるわけにいかねーだろ」

空になった酒瓶を床に転がし、苛立たし気に頭をがしがし掻《か》きまわす。

「クロさんは、ヒマワリさんのこと、好きですか？」

「……は？」

「………」

「俺は好きですよ」

「好きですよね？」

「うるせーな」

クロはごろんと横になって、背を向けてしまう。

だいぶ酔っている。

アオは転がった空の酒瓶を拾い上げた。

クロは酒に強いし、こんなに乱暴な飲み方は普段しない。つまりそれほど、ヒマワリへ投げつけた言葉に心乱れているらしい。

アオは塔を下りて、ヒマワリを探しに行った。

だいたいの位置情報は感知できる。どうやら城の外に出たらしい。

裏口から島の北側へ向かうと、アンナと連れ立ってヒマワリが丘を下りてくるのが見えた。

「ヒマワリさん！」

「アオ……」

ヒマワリは、もう泣いてはいなかった。

「アオ、僕ね――ここを出て行く」

アオは一瞬、自分が機能停止してしまったかと思った。

「……アンナさんのところへ？」

「うん。弟子になって、魔法の使い方を勉強してくる」

「そう、ですか」

アオは、揺れてはいなかった。

ヒマワリの決断は、アオの想いと同じだったからだ。

「それがよいと思います。ただ――」

これは伝えておかねば、と思う。

「俺は、とても寂しいです。もっとここで一緒に、ヒマワリさんと過ごしたかったですよ」

「アオ……」

再び、向日葵咲く瞳が潤み始めた。

彼はぱっとアオに抱きついて、「僕も」と涙声で答えた。アオはその頭を撫でてやりながら、この小さな子どもが自分にもたらしてくれたものを改めて考えた。

一緒に暮らしたのは、ほんの一年と少し。それでも、彼との記憶はアオの記憶容量の中で大きな割合を占めている。

アンナがそっと、ヒマワリの肩に手を置いた。

「私はトマリを連れて帰ります。また改めて迎えに来ますから、それまで――」

ヒマワリが顔を上げる。

「ううん。今日、僕も一緒に行きます」

「ですが……」

「いいんです。連れていってください」

城へ戻ると、ヒマワリは慌《あわ》ただしく荷造りを始めた。

何も持たずにやってきた少年の部屋には、いつの間にか物がすっかり増えている。それでもヒマワリが準備したのは、わずかな着替えと少しの本くらいで、大半のものはそのまま置いていくつもりらしかった。

アオはその間に北の塔へ向かい、ヒマワリの急な出立について知らせたが、酒に酔って寝ていたクロはわずかに瞼を開けただけで、何も言わなかった。

ちゃんと聞こえているだろうに、見送るつもりはないらしい。合わせる顔がないと思っているのかもしれない。いつも強気なクロがこういう時には臆病であると、アオは知っている。

塔を下り、そわそわと玄関ホールで待っていると、ヒマワリがわずかな荷物を携《たずさ》えて下りてきた。

「ヒマワリさん、あの、クロさんは今、ちょっと……」

「謝っておいて」

「え?」

「僕、クロにひどいこと言ったから」

「ヒマワリさん……」

「今までたくさんありがとう、アオ。……アオの作ったごはん、もう食べれないの、寂しい」

アオは、用意していた贈り物を取り出した。

「これを、持っていってください」

差し出したのは、大きな瓶詰。中身は、昨日三人で作ったマーマレードだ。

ヒマワリはその美しく輝くオレンジ色の瓶を瞳に映すと、じわりと頬を紅潮させた。

「――ありがとう」

ぎゅっと両手で握りしめる。

「いつか、大人になったら……ここに帰ってきてもいい？」

「もちろんですよ」

「シロガネが、いても？」

「シロガネとヒマワリさんは、違う人でしょう？」

きょとんとしてアオは言った。

「ヒマワリさんがいなければ、俺は寂しいです」

「本当？」

「待っていますよ。俺もクロさんも、待つのは得意です。しかも、いつまでだって待てますからね」

そう言って、ヒマワリをぎゅっと抱きしめる。

全力で抱きしめたらきっと潰してしまうので、でき得る限りの加減をしたけれど、それでもかなり、強くなってしまったかもしれなかった。

木の幹に刻まれたナイフの跡を、そっと指先でなぞる。

眩い朝日を受けた木漏れ日の中で、クロはぼんやりと、自分の腰ほどにあるその線を見つめた。

朝から庭を歩いて、食堂へと向かう。

「おはようございます」

「おはよう」

アオが朝食を給仕し始め、クロは珈琲《コーヒー》を飲む。

いつも通りの朝の光景が、そこにはある。

ただ、少し静かだ。

突然、ガチャリとドアが開いたので、どきりとした。あの金色の髪が、朝の光の中に飛び込んでくるのを期待する。

しかし現れたのは、ミライだった。

「おはようございます、ミライさん」

「今、朝なのか。おはよ」

「ミライさんも食べますか？」

「いや、いい。さっき昼食べたばっかり。紅茶だけちょうだい」

「はい」

ミライが過去へやってくる際、過ごしている時間帯は未来と過去で同じとは限らないらしい。向こうでは夜なのにこちらが朝であるとか、その逆もあるようだった。今日の場合、ミライは昼の時間から、こちらの朝に飛ばされたらしい。

ミライは気軽な調子で、クロの隣の席に腰掛ける。

「そうだ、ミライさん。ヒマワリさんが、ミライさんによろしく伝えてほしいと仰ってました。最後にご挨拶したかったと」

「え？　ヒマワリどうしたの？」

「先月、西の魔法使いに弟子入りしたんですよ。今は、金色の谷間です」

「あー、そっか。なるほど」

当たり前のことのように納得した様子のミライに、アオが尋《たず》ねる。

「ミライさんは、こうなることもご存じだったんですか？」

「まぁ、そうだな」

「ヒマワリさんは、いつか……」

言いかけて、アオは口を閉ざした。

「いえ、聞いても答えてはくれないんですよね」

ミライは肯定するように、笑って肩を竦《すく》めた。

アオが何を尋ねようとしたのか、クロにはわかった。

――ヒマワリは、いつか帰ってくるのか？

クロは、焼き立てのトーストを手に取った。添えられたマーマレードは、あの日三人で作ったものだ。

窓から差し込む夏の日差しを受けるジャムはきらきらと宝石のように輝いて、ヒマワリの髪の色を思い起こさせた。香ばしい焼き色のついたパンの上に、バターナイフにとったマーマレードを滑らせていく。

「……なんか、静かだなぁ」

ミライがぽつりと言った。

ヒマワリがいない日常は、以前なら当たり前だった。

クロとアオの二人でシロガネを待ち続ける日々、時折こうしてミライがやってくる日々。

その頃に戻っただけだ。

しかしそれは、こんなにも静かなものだっただろうか。

十一　暁祭

波の音が、近づいてくる。

眼前に遥《はる》か彼方《かなた》まで広がる海原《うなばら》が現れた時、トキワはもうこれ以上逃げ場のないことを悟った。

森を抜け、入り組んだ岩場を越えて辿《たど》り着いた、暗く小さな入り江。ふらふらと覚束《おぼつか》ない足取りで、せめて身を隠せる場所を探す。

大きな岩陰《いわかげ》に、背負っていたスバルをゆっくりと降ろしてやった。血を流しぐったりとしていたスバルが、わずかに呻《うめ》いて身じろぎする。肩までのびた金の髪――それは彼の父親と同じ色をしている――が、砂の上に力なく散らばった。

背中の痛々しい傷を、トキワは苦しい思いで見つめた。

「ごめんね、ごめんね、スバル。痛いね……今、治してあげるから」

治癒《ちゆ》魔法を発動させたが、完全に傷を癒《いや》すには時間が必要だ。追っ手はすぐそこに迫っている。ここに、どれだけ隠れていられるだろう。

「いたぞ！」

入り江中に響き渡った声に、はっと振り返る。

崖の上に、いくつもの人影が蠢《うごめ》いていた。彼らは入り江へと下りる道を探し始める。

ここへやってくるのは時間の問題だ。どうすればいい、と周囲を見回す。

岩場の陰には、一艘《そう》の小さな舟が打ち上げられていた。あちこち傷つきぼろぼろで、長い間使われていないことがわかる。底には穴も開いていた。

それでも、これしかない。

トキワは舟に飛びつくと急いで修復魔法を施《ほどこ》し、舟底の穴を塞いでいく。あの男たちが今にもなだれ込んではこないかと、はらはらした。ようやく穴が消えてなくなると、スバルを抱き上げて運び込んだ。

横たえられた少年は、意識を失ったままだ。トキワはその頰《ほお》を、愛《いと》おしく撫《な》でた。

そして、魔法をかける。

トキワとの思い出を、すべて忘却する魔法。

スバルにはこれまで、何も話してはこなかった。父親は死んだと聞かせていたし、あの恐ろしい予言のことなど、彼は一切知らない。

永遠に知ってほしくなかった。

あとは、トキワのことさえ忘れてしまえば。そうすればスバルは、己の出自に関するすべての情報を失う。

この国にいる限り、彼はその命を狙われ続ける。だからもう、こうするしかないのだ。

二度と、この国の土を踏むことがないように。

（決して戻ってきてはだめよ。憎しみも復讐《ふくしゅう》も、決してその心に抱かないで……ただ、幸せに生きて）

この国に関する記憶を、痕跡《こんせき》を、すべて消し去る――母親である自分のことも。

最後に、名残《なごり》惜しく金の髪を指に絡ませた。幼い頃から何度も撫でてやった、梳《す》いてやった、その金の髪。

離れがたい想いをねじ伏せ、震える手を放す。

そして舟に向かって、全身全霊で最後の魔法を込めた。

「シロガネ様のもとへ——終島《はてじま》へ、この子を連れていって。必ず！」

そのまま舟を押し出した。帆もない小さな舟が、魔法によって波に押し返されることもなく、すうっと海上へと滑り出す。

トキワは涙を抑えきれず、遠ざかっていく舟に向かって泣きながら声を上げた。

「きっと、あの方なら助けてくれるわ！　生き延びて……スバル！」

背後に、足音が迫っている。

トキワは涙を拭《ぬぐ》って海に背を向けると、入り江の入り口へと立ちはだかった。舟が遠く離れるまで、なんとしてでも時間を稼がなくてはならない。

トキワの魔力容量はさほど大きくない。多くの魔法を使えば、次にまた必要な魔力をその身に満たすには時間がかかった。治癒、修復、記憶の忘却に船の操作と立て続けに消耗した彼女には、ほとんど魔力が残されていない。

それでも、立ち向かわないわけにはいかないのだ。スバルを無事に逃がすまでは。

杖を取り出し構えるトキワに、追ってきた男たちも警戒する。

相手は、五人。

——君は魔力容量は小さいけれど、魔法の扱いが誰より繊細で巧《たく》みだ。これほど器用な魔法使いは見たことがないよ。

かつてそう言ってくれたのは、大魔法使いシロガネだった。

杖を握る手に、ぐっと力を込める。

わずかな魔力で、糸を編むように炎を作り出す。誰にも見えないよう密やかに小さく。それを男たちの身の内に滑り込ませると、彼らの体が持つ脂《あぶら》に絡ませた。それはじりじりと、彼らを内から焦《こ》がしていく。徐々に異変に気づいた男たちは、突然己の身体《からだ》が発火すると悲鳴を上げた。

燃え広がり始めた炎を消そうと、砂浜を転がり始める。ある者は海に飛び込んだ。

その隙《すき》に、トキワは駆け出した。彼らの目を逸《そ》らし続けなくてはならない。スバルの後を追わせてはならない――。

突然、背後から大きな力に押さえ込まれ、トキワは倒れた。

「捕らえたぞ！」

耳元で叫ぶ声がする。

ほかにも追っ手がいたのだ。トキワはもがいた。

「子どもはどこだ!?」

「探せ！」

舟はすでに、波の彼方に遠ざかっている。しかし誰かがめざとく気づき、「あそこに舟が！」と叫んだ。

「追え！」

「船が必要だ！　戻って、将軍に報告を！」

トキワは心の中で叫んだ。

（お願い、逃げて――）

波の向こうに、舟の姿は消えていく。

大陸から遠く離れた小島。

そこには、不老不死の大魔法使いが暮らしている。

不可能を可能にする彼ならばきっと、『呪われた子』と呼ばれる少年にも、道を与えてくれるだろう。

（お願いです、どうかあの子をお助けください――シロガネ様）


ヒマワリは天高く聳《そび》える魔法の塔を見上げながら、あんな高みから人を見下ろそうと思った魔法使いはどれほど傲慢《ごうまん》であったのだろう、などと醒《さ》めた目で考えた。

「ヒマワリ。ジンを見んかった？」

宿舎から出てきたミカゲに、ヒマワリはさぁ、と答える。

「朝食のあとから見てないよ」

「やつの親父《おやじ》さんが来てな、試合前に顔を見に来たんだと。どこにもいないから、とりあえず差し入れだけ受け取っておいたんけど、まったく……」

ミカゲは困ったように顔をしかめた。

ミカゲは、西の魔法使いアンナの弟子のひとりである。ヒマワリより先に弟子入りしていた、一歳上の姉弟子だ。長い黒髪を三つ編みにして背中に垂らしているのが印象的で、その長さは膝《ひざ》のあたりにまで達している。願掛けをしているのだ、と聞いたことがあった。願いが叶うまで、髪は切らないのだという。

ヒマワリは今年で十四歳——もっとも、本当の年齢はわからないので、ひとまず弟子入り時は十歳ということにした——になった。もう一人の兄弟弟子であるジンは、ヒマワリと同い年だ。

初めて金色の谷間を訪れた時、すでにミカゲもジンもアンナの弟子となっていて、新参者のヒマワリはしばらくの間、彼らとまともに口を利くこともしなかった。

決して除《の》け者にされていたわけではない。ヒマワリが自分から、心を閉ざしていたのだ。終島を出て、アオとクロと離れて、早く一人前になりたいと焦り、ひどく気を張っていた。

ミカゲはよく、初めて会った頃のヒマワリを「トゲトゲのハリネズミみたいだった」とたとえたし、ジンは「繊細な硝子《ガラス》の少年だった」と評した。

そんな二人とも今ではすっかり打ち解けているし、信頼もしている。彼らはそれぞれ、ヒマワリにはないものを持っている。ともに修業する仲間が彼らでよかった、とヒマワリは心底思っていた。

アオからもらったマーマレードは、大切に大切に少しずつ食べていたけれど、やがてからっぽになってしまった。そんな喪失感も、彼らのおかげで見て見ぬふりをすることができたし、持て余していた感情とも距離を保てるようにもなった。

この四年で、ヒマワリの身長は三十センチ以上伸びた。それでも、必ず越えると宣言したクロやアオの身長には達していない。とりあえず毎日、牛乳を欠かさず飲んでいる。

「なぁ、ヒマワリ」

「何?」

「師匠、最近変じゃないか?」

「そう? どのへんが?」

「考え込むことが増えたし、暗い顔してることが多くなった。昨日も、体調が悪いって部屋に閉じこもってたし……」

確かに、いつも朗《ほが》らかなアンナがこのところ、妙に思いつめた表情をしていることが多い気はする。

「今年は暁《あかつき》祭があるから、いろいろ準備が大変なんじゃない?」

「確かに六十六年ぶりの大祭で、四大魔法使いしか立ち会うことはできないし、気負う部分もあるんだろうが……でも、なんだかいつもの師匠らしくないと思うんけどなぁ」

そんな細かい変化に気づくのは、さすがに一番長くアンナの弟子でいるミカゲだ、と思う。そもそもミカゲは、観察眼が鋭い。ヒマワリやジンが困ったり悩んだり、あるいは隠し事をしていることだって、いつも鋭く見抜いてくる。

船着き場のほうから、物々しい雰囲気でやってくる集団があった。武器を手にした兵士たちが壁のように取り巻く中、対照的に煌《きら》びやかな衣装に身を包んだ人々が談笑しながら歩いている。時折、道行く人に手を振ったり、笑顔を振りまいたりする者もいた。

「あの人たち、魔法使いじゃないよね？」

「来賓《らいひん》の王族や貴族たちだろ」

ミカゲは興味なさそうに、彼らをちらりと見やった。

「貴賓席から優雅に、我々が必死こいてる様をご見学するんよ。魔法使いと人間の友好を示す親善大使であり、同時に彼らにとっては、優秀な魔法使いの品評会でもある。どの国にも宮廷魔法使いはいる。ここでいい物件を品定めして、声をかけるっていうのはよくあることらしいぞ」

いかにも人に傅《かしず》かれることに慣れた風情《ふぜい》の老人や、夫婦らしき華やかな男女など、顔ぶれは様々だった。その中には、ヒマワリたちとそう歳《とし》の変わらなそうな少年の姿もある。

「あんな若い来賓もいるんだ」

「本当だ。どこぞの王子様かな」

緩やかにウェーブしたくすんだ金髪を持ったその少年は、冷たい灰色の目をふとこちらに向けた。一瞬目が合ったが、虫けらでも視界に入れてしまったというように、すぐに逸らされる。そして、隣を歩いていた護衛らしき男と何事か話しながら、足早に去っていった。

「なんか、やな感じ」

「人間の支配者層は、いまだに魔法使いをいくらか警戒してるんよねぇ。かつての魔法王国時代の遺恨は、うちらが思ってるより根深いってこと」

「――あ、ジン」

やんごとなき人々の行列とは反対側から、ジンがやってくるのが見えた。隣には見知らぬ女の子がいて、二人は互いに楽しそうに笑っている。

彼女に別れを告げると、ジンは二人に気がついて、軽い足取りで合流した。

「あれ、ここで何してるの？」

「お前こそ、どこで何をしてた」

「めちゃくちゃ可愛《かわい》い子がいたから、デートの約束とりつけてきた！　俺、今夜は帰らないかも」

目をきらきら輝かせて、ジンは満面の笑みを浮かべた。

ミカゲとヒマワリが呆《あき》れていると、ジンは心外だとでもいうように大仰に両手を広げて弁明を試みた。

「彼女も魔法比べに出るんだよ。一緒に頑張ろうって励まし合ってたんだ。悪いことじゃないだろ？」

ジンはいつだってその機会を逃さない。好みと見れば必ず声をかけ――彼に言わせれば、それが礼儀なのだ――振られてもへこたれず、また口説く。容姿はそこそこ整っていて、さらに気配り上手なジンの勝率はそれなりに高かった。

そんな彼の性格を見越して、師匠であるアンナはジンに対して課題を与える時、わざと幻の女の子を見せることで注意力を試したりする。そして毎回、ジンはその幻に気を取られて失敗する。それでもまったく反省の色はなく、「今の子をもう一回出してください！」と真剣にアンナに泣きつくのだった。そのぶれない姿勢に、ヒマワリは密かに敬意を抱いている。

早く結婚したいのだ、とジンはよく語った。彼は母親を早くに亡くしていて、ずっと父と二人きりの生活だったため、女性のいる家庭への憧《あこが》れが強いらしい。

「さっき、親父さんが来たぞ」

「えっ、父さん？　どこ？」

「お前がいないから、もう観客席へ行くと言っていた。差し入れ、預かっておいたぞ」

ミカゲはパチンと指を鳴らす。すると彼女の肩越しに、空間が割けた。

その中に手を突っ込み、中から包みを取り出す。

「ほら」

「ありがと、ミカゲ」

嬉《うれ》しそうに受け取るジンの表情は、急に子どもっぽくなる。

金色の谷間にいる時も、彼の父親からはよく贈り物が届いていて息子への愛情のほどが窺《うかが》えたし、ジンもまた手紙を頻繁《ひんぱん》にしたためていた。男手ひとつで育ててくれた父親のことが大好きなのだということは、見ていてよくわかった。

「そろそろ行こう。師匠は先に、四大魔法使いの会合へ向かった」

ヒマワリとジンは、揃《そろ》ってミカゲについて競技場へと向かった。

アンナに弟子入りしてからというもの、ジンとは対照的に、ヒマワリはアオとクロに手紙を一切書かなかった。書けば会いたい気持ちが募ってしまいそうで、自分の想いに蓋《ふた》をしたのだ。

この魔法比べで優勝し、一人前になったのだと証明する。

そして、胸を張って終島に帰るのだ。

ヒマワリはそう心に決めていた。

「殿下、お疲れではございませんか」

将軍であるイチイの問いに、アヤは「別に」とそっけなく答えた。

魔法使いの総本山、魔法の塔。

船で降り立った湖の上に浮かぶ街は、まるで堅固な要塞のようだった。

ヒムカ国第一王子であるアヤは、諸外国の来賓たちとともに乗ってきた船を下りて周囲を見回した。ここにいる人間のほとんどが魔法使いなのか、と思うといくらか気味の悪い気分になる。

かつて存在した魔法王国時代の暗黒の歴史については、歴史の授業で教師から幾度も聞かされていた。魔法使いによる統治を二度と許してはならない、そのために、宮廷魔法使いたちが反乱を起こすことがないような仕組みや管理体制が重要である、と。

――殿下はいずれ、この国を統《す》べる御方です。過去から学び、どうか立派な君主となってくださいませ。

幼い頃はそんな教師の言葉を真に受けて、いつか自分が王になる姿を安易に思い描き、張り切っていたものだ。

だが十六歳になった今は、世界はそれほど単純ではなく、王の息子という立場であっても何ら約束されるものはないのだと、よくわかっている。

アヤは父王の子としては唯一の男子だが、母は正妃ではないので身分が低い。正妃には娘しかいないが、ヒムカ国にはかつて女王も存在したので、王位を継がないとも限らない。アヤの母のほかにも側妃が数名いて、歳の離れた妹もいる。最近父の寵愛《ちょうあい》を受けている若い妃がいつか息子を産めば、王位をその子に継がせると言い出さないとも限らない。

今回の魔法比べに王の名代《みょうだい》としてアヤが選ばれたことは、この不確かな均衡《きんこう》に一石を投じるものだった。

父王は、アヤを試しているのではないか。

この役目を上手く務め上げることができれば、王位継承者への道は確実に一歩進むはずだった。

（成果を出さなければ……）

他国の王族や大使たちと交流を深め、繫《つな》がりを作ること。あわよくば自国に有利になるような情報を持ち帰りたい。あるいは、どこかの有力な国の王女との縁談を取り付ければ……。

じりじりとした気分で歩きながら、ふと、自分と同じくらいの少年少女がこちらを眺めているのに気づいた。

（あれも魔法使いか）

長いおさげ髪の少女と、金の髪の少年。

少年のその髪色が父とよく似ていて、思わず目を背けた。

あの輝く夏の太陽のような、明るい黄金色。

父を思い浮かべる時、真っ先に浮かんでくるのがその色だった。息子であるアヤをその視界にほとんど入れようとしない、あの父の。

勉学や武芸に励んでも、狩りで立派な獲物《えもの》を仕留めても、父は一度としてアヤを褒めることはなかった。ほとんどいない者のように扱われ、名を呼ばれることもなく、声をかけられることもない。

目にするのは大抵、その横顔か後ろ姿だけ。だから髪の色ばかりが記憶に残る。アヤの髪は冬の凪のように寒々しい青みがかった金髪だったから、己の容姿ですら父との繫がりを感じることもない。

父にとって母は、愛する存在などではなく、その他大勢の一人でしかなかったらしい。母が死んだ時、多忙を理由に葬儀にすら現れなかった。

そんな父がかつて唯一、強く執着した妃がいたという。その妃は魔法使いで、寵愛を受けて息子を産んだが、やがて母子ともども病で死んだらしい。父は深く嘆き悲しみ、しばらくは人前に出ることすらなかった。父との縁が薄かったため、自分が幼い頃にそんなことがあったとアヤが知ったのは、随分《ずいぶん》後になってからだった。

母がいなくなり、なんの後ろ盾《だて》もないアヤには、宮廷に居場所もなかった。それでも王の唯一の男子という事実だけを武器に、懸命に努力を重ね、徐々に周囲を認めさせてきた。この魔法比べでの成果を、その集大成としなければならない。

各国から資金援助も受けているこの魔法比べは、来賓にとっては社交の場である。ヒムカ国はここ数十年、軍事力を背景に領土を急拡大させ、各国にとって無視できない存在となっている。自然、案内役の魔法使いもほかの来賓たちも、アヤに対する態度はかなり丁重なものであって、彼は至極満足した。競技場の貴賓席についたアヤに対し、「あれがヒムカの……」と何事か囁《ささや》いてる者も見かけた。注目されているのだ、と気を引き締める。自分の立ち居振る舞いが、自国の評価に繋がるのだ。同時におのが国と、そして父王を誇らしく思う気持ちも膨れ上がる。

かつては一日ですべての試合を消化していた魔法比べは、現在では二日にわたって行われるより大規模な大会となっていた。平和の祭典としての親善や社交の側面が大きくなったことで、開会・閉会の儀、試合の合間に挟まれるセレモニーなどに、大きく時間を割くようになったのだ。

今日は開会式と一次予選まで、そして明日の朝から二次予選、午後に決勝となる。しかしアヤにとって、魔法使いたちの競い合いなどどうでもよかった。最も重要なのは、今日の夜に行われる各国の交流を目的とした宴《うたげ》だ。

それに、女の魔法使いを見るとどうしても、不快な思いが湧き上がる。父が心から愛した女は、魔法使いだったことを思い出すからだ。もしかしたらその女には、王族に取り入って権力を摑《つか》み、魔法王国を復活しようという思惑があったのかもしれない。そのために、誘惑の魔法でもって父を骨抜きにしたのではないか。

アヤは華々しい開会の儀も予選の様子も、かなり上の空で眺めていた。表面上はいかにもにこやかに、興味深く観戦しているように見せながら。

だが、そんなアヤですら思わず目を引き付けられる選手がいた。

先ほど外で見かけた、金の髪の少年だ。

魔法のことなどよくわからないアヤにも、この少年の能力は頭一つ抜けているように見えた。際立って目立つその姿に、観客席でも彼に関する話題があちこちで取りざたされていた。

周囲から聞こえてくる噂話《うわさ》によると、彼は西の魔法使いの弟子なのだという。四大魔法使いの弟子ともなれば、それだけで優秀であるとわかる。

「今年の優勝は彼では？」

「賭けましょうか。では私はあの子に」

「ははは、皆が彼に賭けたら意味がないでしょう」

近くに座っている某国の大使が、別の国の王族とそんな会話で盛り上がっている。

少年は一次予選の三つの課題すべてで破格の強さを見せつけ、総合成績一位で明日の二次への進出を決めた。その頃には会場中が彼に注目しており、少年の名がヒマワリということまで漏れ伝わってきた。

「優勝候補は、あの少年で間違いなさそうですね」

隣の席に座るイチイが、面白そうに言った。

「大魔法使いシロガネ以来の天才の登場かもしれませんな。今のうちに、我が国の宮廷魔法使いとして勧誘なさっては？　殿下と歳も近いですし、今後の我が国の発展を――」

「いらないよ、魔法使いなんか」

ぴしゃりと話を遮《さえぎ》ったアヤに、イチイはわずかに戸惑った様子で黙り込む。そして、改めて金の髪の少年をよくよく眺めた。

「それにしてもあの少年、どこかで見たことがあるような……？」

「ふん、お前の隠し子か」

「滅相もありません。いえ、なんだかあの髪が……」

「……陛下の髪に似ているからだろう」

思わずそう言うと、イチイはああ、と納得したように手を打った。

「確かに、似て――」

ぎくりとしたように、イチイは硬直した。

そして目を丸くして、息を呑《の》む。

「どうした?」

「………いえ、なんでもありません」

「?」

青ざめたイチイは手で口を覆《おお》い、それきり黙りこくってしまった。

一日目の試合が終わり、観客たちは続々と競技場を後にし始める。アヤにとっては、今日はこれからが本番だった。宴の場で、ヒムカ国の王子としての自分を存分に見せつけなくてはならない。ここでの振る舞いが、今後の自分を左右する。

しかし席を立った時、彼を呼び止める者があった。

「アヤ殿下。東の魔法使いオグリ様から、お話がございます。どうか、こちらへ」

「オグリが?」

オグリはかつて、ヒムカ国の宮廷魔法使いであった男だ。

予言魔法の大家であり、父王も彼の予言には大きく頼っていた。その後四大魔法使いに推挙された彼はヒムカ国での職を辞して、現在は赤銅《しゃくどう》の峯《みね》に住まう東の魔法使いとなっている。

かつての主家に対し、自《みずか》ら出向かず呼びつけるつもりか、とアヤは内心わずかに苛立《いらだ》った。

（俺の母の身分が低いからと、舐《な》めているのか？）

「自分から挨拶《あいさつ》に来るのが礼儀ではないか？」

使いの男は頭を下げた。

「申し訳ございません。内密の話ゆえ、人払いをした場所でお会いしたいと。……これは、殿下にしかお話しできぬことであると、申しておりまして」

自分にしか話せない、とはどういう意味か。アヤは訝《いぶか》しく思ったが、王の名代として、国の代表たるアヤと話がしたいという意味かもしれない、と思い直す。それならばむしろ、こちらの望むところだ。

「わかった」

イチイとともに案内されたのは、魔法の塔にある会議室だった。待ち構えていたオグリは、深々と頭を下げて二人を丁重に出迎えた。

「お久しゅうございます、殿下。将軍も、お変わりなく」

小柄でずんぐりとしたその姿は、記憶の中にある彼と変わっていない。昔から感じていたことだが、どこかしら卑屈に見えるその表情が鬱陶《うっとう》しく、どうにも好きになれない男だ。

「何年ぶりだろうな。……といっても、俺はお前と話をしたことなど一度もないが」

「殿下は、幼くあられましたので」

この男はヒムカ国に仕えている間、アヤの未来についてなんら予言を残さなかった。それもあって、アヤは魔法使いというものが好きではないし、彼にもよい印象を持っていない。

「それで、何の用だ。これから宴が始まる。早く行かねば」

「お話ししたかったのは、お国を揺るがす一大事についてでございます、殿下。長年お仕えしたヒムカ国の危機を、見過ごすわけにはまいりません」

「随分と大仰な言い方だな」

「決して大仰ではございません。——殿下は、私がかつて陛下に申し上げた、呪われた王子の予言をご存じでしょうか?」

控えていたイチイが、息を呑むのがわかった。

アヤは首を傾《かし》げる。

「なんだそれは?」

「陛下が、ある魔法使いの女に産ませた御子のことでございます。その子が生まれた時、私には視《み》えたのでございます。ヒムカ国が……滅亡する姿が」

「滅亡だと? 縁起の悪いことを申すな」

「あの時、陛下もそのように仰《おつしや》いました。しかし、その子どもがヒムカ国を滅ぼす未来を、私は確かに視たのです。その呪われた子ども——魔法使いの母から生まれた、殿下の弟にあたるあの少年が、いつか父である国王陛下を殺し、国土は灰燼《かいじん》に帰すと」

　アヤははっとする。

「魔法使いの女が産んだ子は、母親とともに病で死んだと聞いたが……では、まさか」

「はい、殿下。国のため、陛下が決断なさったのです。即刻、子どもを処刑せよと。ですが、陛下の御子がそのように忌《い》まわしい存在であったなどと知られれば、国の威信に関わります。ですので、表向きは病死ということにしたのです。しかし……しかし、処刑されたのは実は、身代わりでありました。数年後、死んだはずのあの子どもが、辺境のとある村で平民として暮らしていることがわかったのです。あの時、陛下より全権を預かりその追討軍を指揮したのが、イチイ将軍でございましたな」

　イチイが、わずかに震えているような気がした。

「イチイ？　どうした」

「いえ……」

「あれは、そう……ちょうど、殿下の母君が病に伏していた頃のことです」

　オグリは記憶を探るように呟《つぶや》く。

「え？」

「陛下は死んだはずの息子が生きていると知り、大層驚き、またお怒りでございました。そしてすぐにその子を殺すようお命じになり、兵を動員してからもずっと不安なご様子で……母君がお亡くなりになったのは、そんな折でございました」

アヤは、臨終の間際の母の顔を思い出していた。

苦しい息の中、陛下、陛下と父のことを呼び続けていた、あの弱々しい声。だが、父が現れることはなかった。

(忙しいと言っていたのは……葬儀にも、顔を出さなかったのは……)

アヤは思わず、拳《こぶし》をぎゅっと握りしめる。

「そして将軍。あなたは王都へ戻ってくると、こう仰った。王子は死んだ——確かにその命を奪った、と。そうでしたな?」

「………」

イチイは答えない。

「ですがこれが、偽《いつわ》りであったのですよ」

「偽り? どういうことだ」

「殿下。私は今日、恐ろしいものを目にしたのでございます。あの呪われた王子が、私の目の前にいた……! あの、競技場に!」

真っ青になったイチイは項垂《うなだ》れ、唇を引き結んでいる。

アヤは困惑し、オグリとイチイを交互に見やった。

「イチイ?」

「………」

「この者は裏切者です、殿下。殺したと言いながら、実際には見逃していたのですよ!

そしてあの子どもは成長し、今ここに、魔法比べの場に現れたのです！　このままでは、お国が危うい。そう思い、急ぎご報告申し上げねばとこの場にお呼びしました」

「……真《まこと》なのか？　イチイ」

「殿下……これは……その」

口ごもるイチイに、アヤは苛立って声を荒らげた。

「イチイ！　はっきり申せ！　そなた、陛下からの命を無視し、その子どもを生かし、殺したと報告して陛下を謀《たばか》ったのか!?」

「……何も、申せませぬ」

「なんだと？」

「ご容赦《ようしゃ》を。何も、口にできませぬ。ですが、決して、決して陛下を裏切ったわけではなく──」

「貴様！」

アヤは思わず佩《は》いた剣を抜こうとしたが、オグリが「殿下！」と押しとどめる。

「将軍の裏切りについてはまた改めて。それよりもまず、あの少年を捕らえねばなりません。そうでなければ、お父上は殺されてしまいますぞ！」

アヤは摑んだ柄《つか》をぎりりと握りしめ、そして放した。

「……その者は、今どこに？」

「殿下も、今日、ご覧になったはずです」

オグリの暗い目の奥に、火花のような閃《ひらめ》きがよぎる。

「魔法比べに出場していた、金の髪の少年――西の魔法使いの弟子、ヒマワリ。あの者こそ、殿下の腹違いの弟君なのでございます」

アヤは、思い出していた。

父と同じ、あの黄金色に輝く髪の少年。

「あれが……」

呪われた王子。

父を殺し国を滅ぼし、そして――アヤの母をも、絶望の中の死に突き落とした張本人。

「なんとしてでも捕らえ、そして殺さねばなりません。あなたの手で、お国を救うのです、殿下！」

「国を、救う……」

「ええ。陛下ができなかったことを、殿下が成すのです。それでこそ、未来の国王。陛下も、さぞお喜びになることでございましょう」

（そいつを捕らえて、殺せば……俺の力で、我が国を救うことができれば……）

父は、自分を見てくれるだろうか。

魔法比べ二日目、観客席は数え切れぬ人で埋め尽くされている。

「クロさん、こっちこっち」

アオが空いている席を見つけて、手を振った。クロはポケットに手を突っ込みながら、階段を下りていく。

客席の間を縫《ぬ》って、箱を抱えた男がプラカードを掲げて叫んでいた。

「ほら、賭けて賭けて！　今年の薔薇《ばら》の騎士は誰だ!?」

優勝者が誰か、賭けの対象になっているらしい。

「俺はあのヒマワリって小僧に賭けるぞ、ありゃあ天才だ」

「私も！」

思わず耳をそばだてる。どうやら、ヒマワリが一番人気らしい。

席に座ると、アオが隣でにやにやしていた。通常なら揺れているところだが、島以外の場所ではできるだけ感情をコントロールするように心がけていて、今は『顔に表す』ということに揺れを昇華させたらしい。かなりの進歩だ。

「聞きました、クロさん!?　ヒマワリさん大人気ですよ！」

「……みたいだな」

「すごく強くなったんですね！　あああ、楽しみです、あああ」

「落ち着け」

クロはそう言いながらも、自分もそわそわして仕方がないことを、自覚せずにはいられなかった。

数日前、魔法比べを見に行こう、と突然言い出したのはアオだった。

「ヒマワリさんが出場するんですよ！」

ヒマワリの名が出て、クロはどきりとした。

西の魔法使いに弟子入りして、もう四年。

以来、何の音沙汰《おとさた》もない。手紙の一通だって、届いたことはなかった。

「なんでそんなこと、お前知って……」

「アンナさんが教えてくれたんです」

アオは、手にした便箋《びんせん》をひらひらとさせた。

ヒマワリからの手紙が来ることはなかったが、その間アオとアンナは定期的に文通をするようになっていた。というのも、実はアンナも『薔薇騎士物語』の大ファンであることがわかり、アオと意気投合したらしい。ヒマワリの近況については、随時彼女の手紙で知らされていた。

「ね、応援に行きましょう！」

「……行かない」

「どうしてですか？」

「ヒマワリが嫌がるだろ。手紙のひとつも寄こさないんだぞ。勝手に見に行ったりしたら

「……」

「クロさんは見たくないんですか、ヒマワリさんの勇姿を！　もうすっかり魔法の制御も身につけて、優秀な魔法使いになっているそうですよ」

「……ふん」

だったら、戻ってこいよ、と思う。

連絡もない、戻ってもこない――ヒマワリはもう、自分たちのことなど忘れてしまったのではないだろうか。

（まぁ、あんなこと言ったし……）

邪魔だ、迷惑だ、と言ったのはクロだ。ヒマワリの背中を押すためとはいえ、あれでは帰ってこようなどと思えなくて当然だろう。

「俺は行かない」

「えー」

「行きたいなら、お前だけ行ってこいよ」

「一緒に行きましょうよ」

「この島を空けるわけにはいかねーだろ。俺は残る」

「魔法が効いてますし、少しくらい留守にしても大丈夫ですよ」

「とにかく、俺は行かない！」

やがて魔法比べの日がやってきて、アオはそわそわしながらも、クロに遠慮するように出かけなかった。魔法の速達でやってきたアンナからの手紙によって、無事にヒマワリが一日目を勝ち残ったという知らせを受け取ると、我が事のように喜んで揺れまくっていた。

しかし魔法比べ二日目の朝、ミライが島に顔を出すと、風向きが変わった。

「うぇーい、元気かー？」

いつもの調子でやってきたミライに、アオは「ミライさん！」と声を上げて飛びついた。

「いいところに！」

「え？　何？」

「ちょっと、留守番をお願いできませんか」

「留守番？　ここの？」

「はい。俺とクロさん、出かけたいところがあって！」

くるっとクロを振り返る。

「クロさん、これで無人ではなくなります！　もし来客があったら、とりあえず一次対応だけミライさんにお願いして、行きましょう、魔法比べ！」

「魔法比べ？」

「ヒマワリさんが出場しているんです！　今日二次予選で勝てば、決勝なんですっ！」

ミライはぴんときたというように、「はーん」と声を上げる。

「それは当然、見に行くべきだな。よっしゃ、任せろ。あれだろ？　誰か来たら、『魔法使いは、留守にしております』――って邪険に追い払えばいいんだな？」

クロの声真似をして、ミライはぐっと親指を立てた。

「どんとこい！　行ってこい！」

「はい、お願いします！　クロさん、さぁ行きましょう！」

「いや、俺は――」

「急ぎますよ！　始まってしまいます！」


そうしてアオに引っ張られるように井戸に飛び込み、魔法の塔までやってきたクロは、落ち着かない気分で会場を見下ろしていた。

やがて、二次予選に出場する選手たちが姿を見せた。

クロは思わず、身を乗り出す。

忘れるはずのない金の髪が、ぱっと目に飛び込んできた。

（ヒマワリ……）

肩まであった髪は短く切られていて、あの金の髪を気に入っていたクロは少し残念に思ったけれど、その髪型は背が伸びた彼をぐんと大人びて見せていた。幼い彼の笑ったり怒ったりした表情ばかりを思い出していたが、丸みの消えた頬に笑みはなく、真剣な眼差《まなざ》しで場内を見渡している。

これだけ広い会場で、大勢の観客の中にいる自分たちに気づくことはないだろう。それでも、彼の向日葵《ひまわり》のような瞳がこちらに向いた時は、わずかにどきりとした。

「大きくなりましたね……」

ひたとヒマワリを凝視して、アオが感慨《かんがい》深そうに呟く。

「……ああ」

「でも、まだ俺の身長は越していませんね」

「俺だって、まだ越されてねーと思うぞ」

ふん、とクロは胸を反らす。

競技場の中央に巨大な構造物が現れると、観客はわっと歓声を上げた。それは見上げるほど大きく、透明な膜《まく》に覆われている。内部は目がちかちかしそうなほど緻密《ちみつ》で複雑な迷路が、果てしなく渦巻いていた。

審判の説明が、拡声魔法で会場中に響き渡る。

「二次予選では、各自この迷路から脱出してもらう。結界が張られているから、出口以外からは外に出ることはできない。出口に辿り着いた先着順、上位十名が決勝進出者となる」

二次予選に進んだ選手たちが、膜の中に取り込まれていく。あれが結界なのだろう。

開始を告げる鐘が鳴り響いた。

アオとクロは、ヒマワリの姿を目で追いかける。その迷宮は、外から俯瞰《ふかん》して眺めていてもどうやったら出口に辿り着けるのか見当もつかないほど入り組んでいる。

途中、選手を妨害する罠も頻発《ひんぱつ》した。上っていた階段が崩れ落ちたり、炎が上がったり、辿り着いた部屋が水で満ちて押し流されたり——選手たちはそれぞれ、杖を手に立ち向かっていた。場所によっては、客席からは死角となって状況がわからない。ヒマワリの姿がしばらく見えなくなると、二人はじりじりとした。

やがて、爆発音とともに飛び出してきたヒマワリの姿に、ぎくりとする。右腕から大量の血が流れていたのだ。それでも足取りはしっかりしていて、ヒマワリはまた出口を目指して走り始める。その後も幾度か、ヒマワリの姿が見えなくなったと思うと、怪我を増やして現れた。

「なんか、あいつだけ妙に罠に引っ掛かりまくってないか？」

「クロさん、違います。あれは……」

アオの目が、キィンと微《かす》かな音を立てた。

遥か遠くまで物を見ることのできる、望遠機能の備わった青銅人形の目。もとは海の向こうからやってくる敵襲を発見するためのものだったが、どうやらその目で試合の様子を追いかけているらしい。

「妨害です」

「え？」

「ほかの選手が一人……いえ、二人ですね。二人、ヒマワリさんに対して執拗《しつよう》に攻撃しています」

「そんなの、アリなのか？　試合として」

「ほかの選手を傷つけてはならない、というルールはないので反則ではないでしょう。ただ、それにしては嫌がらせというより、本気で殺そうとしているように見えます。――あ」

ヒマワリが足を引きずりながら現れた。そして、ヒマワリを攻撃していた二人は、それきり姿を見せることはなかった。どうやら返り討ちにしたらしい。

満身創痍《そうい》のヒマワリはそれでも五位で迷路を脱出し、決勝進出を決めた。


「ヒマワリ、大丈夫か？」

ミカゲとジンが駆け寄ってくる。足を引きずり腕から血を流すヒマワリを見て、ミカゲがすぐさま治癒魔法をかけ始めた。

「平気。大した怪我じゃないよ。それより、三人とも決勝に残れてよかった」

そう言って笑うヒマワリに、ミカゲは険しい表情を崩さない。

「明らかに、ヒマワリが狙われてたよね」

「昨夜のことといい、なんかおかしいよな？」

二人は眉をひそめる。

昨夜、宿舎へ戻る途中のヒマワリが、何者かに襲われた。

相手は魔法ではなく、五人がかりで剣を手に斬《き》りかかってきたのだった。そのうちの一人が相当に腕の立つ男で、魔法で防御するヒマワリの懐《ふところ》に一気に飛び込み、あと一歩でヒマワリは真っ二つになるところだった。戻りの遅いヒマワリを探しに来たミカゲとジンがそれを阻止し、三人で対抗したことで、謎の男たちは引き上げていった。

「誰かがライバルを減らそうと、刺客を使ってヒマワリを潰そうとしたってことなんかな。魔法じゃ敵《かな》わないから」

「それで返り討ちにあったから、今日は試合の中で狙って、これも失敗ってか？　情けない話だな。――ていうかさ、狙われるのヒマワリだけかよ？　優勝候補に俺は入ってないわけ？　心外だな」

二人の会話に、果たしてそういうことなのだろうか、とヒマワリは考え込む。

「はい、終わり。どう、痛みはある？」

「ううん、大丈夫。ありがとう、ミカゲ」

「決勝は午後からだ。飯食いに行こうぜ」

「うん」

（考えても仕方がない。とにかく、決勝で勝つことだけを考えよう）

どんな妨害があろうと、関係なかった。ここで優勝し、そしてアオとクロのもとへ帰るのだ。

三人は連れ立って、宿舎の食堂に戻ろうと出口へと向かった。

「――ヒマワリ？」

背後から呼び止められ、ヒマワリは振り向く。

雑踏の中、驚いた様子で立っていたのは、黒髪の青年だ。

「ヒマワリ、だよね？」

一瞬、誰だろう、と思う。

しかしその顔も声も、確かに覚えのあるものだった。

記憶の中から探り当てたその名を、ヒマワリは驚きをもって口にした。

「……ムカイ？」

かつて終島へ助けを求めてやってきた、竜の呪いを受けた少女セナ。そのセナの世話係として彼女の傍《そば》に寄り添っていた使用人の青年、ムカイだ。

ムカイは安堵《あんど》したように、ぱっと表情を明るくする。

「ああ、やっぱりヒマワリだ！　すっかり大きくなってて、最初はわからなかったよ！」

「ムカイ、どうしてここに……」

「魔法比べを見に来たんだ。そうしたら、なんだか見覚えのある選手がいるなと思って」

セナからは、島を去ってしばらくしてから、手紙が届いていた。

身体の鱗《うろこ》が剝がれ、病が癒《い》えたこと。あの時、クロがハーブティーに自分の血をこっそりと混ぜたのだろうということ。心から、感謝していること――。

それを読んだ時ヒマワリは本当に嬉しくて、そしてクロが指に怪我をしていたことを思い出し、合点がいったのだった。

思いがけない再会に、ヒマワリは驚くやら嬉しいやらだった。

「セナは？　セナは元気なの？」

「元気だよ。一緒に来てる。今はちょっと、子どもがぐずってて、向こうで待たせてるんだ」

「子ども……」

ヒマワリは目を丸くする。

「ムカイと、セナの子ども？」

「うん。女の子。一歳になる」

少し恥ずかしそうに、しかし嬉しそうにムカイははにかんだ。

「そっか……」

驚くと同時に、嬉しさが胸にこみ上げる。

「よかった……本当によかった。おめでとう、ムカイ」

「クロさんには、心底感謝してる。いつか直接お礼を、と思っていたんだけど……クロさん、今日は応援に来ているの？」

ヒマワリはぎくりとして、思わず目を逸らす。

「ううん。アオとクロには、今日のこと知らせてないから」

「え、どうして？」

「まぁ、いろいろ……」

ムカイは何か察したようで、追及はしないでくれた。

「ヒマワリ、セナと子どもにも会ってくれないか？　君に会いたいって、よく話してたんだよ」

「もちろん！　どこにいるの？」

「すぐそこだよ。時間は大丈夫？」

「まだ決勝まで時間あるから。——ミカゲ、ジン、ごめん。先に行っててくれる？　どうしても会いたい人がいるんだ」

「わかった」

二人と別れ、ヒマワリはムカイと並んで歩きながら、思い出話に花を咲かせた。

「ムカイ、セナのこと呼び捨てするようになったんだね」

「そりゃ……夫婦だからね。まぁ、最初はなかなか慣れなくて、セナ様って呼んでしまうこともあったんだけど」

ははは、と頭を掻《か》く。

「セナ、本当に元気になったんだ。よかった」

「うん。ただ、ちょっと気になることもあって」

「え？」

「娘のこと……。クロさんの血はセナを救ってくれたけど、彼女の一族にかけられた竜の呪い自体がこの世から消えたわけじゃない。今頃、誰かがあの病にかかっているかもしれない。そしてもしかしたら、いつか、うちの子に呪いが現れる可能性もあるんじゃないか……そう思うと、ね」

「そっか……そうだよね」

ヒマワリは考え込む。竜の呪いを断つ魔法を、編み出すことはできないだろうか。

「僕は、娘が呪いにかからないためなら、なんだってするよ」

「実際、セナのために自分が呪いを受ける、ってクロに申し出たぐらいだもんね。ムカイはすごいなぁ」

「あの時は、本当必死で……ああ、こっちだよ」

ムカイは地下へと続く階段を下りていく。

「この下？」

「うん。上は騒がしいから、静かなところで休ませてる」

確かに静かだった。降り立った地下二階の薄暗い廊下に、人の往来はない。

ムカイは通路の奥へ奥へと進んでいった。

後に続きながら、ヒマワリはだんだん、違和感を覚え始める。二人の足音だけが、妙に大きく反響して耳に届いた。

「ここだよ」

そう言ってムカイが足を踏み入れたのは、暗い倉庫だった。

ヒマワリはしかし、中には入らず、入り口で立ち止まる。

「ムカイ」

「何？」

ムカイは振り返らない。

「本当にセナ、ここにいるの……?」

「………」

「ムカイ?」

「ごめん、ヒマワリ」

ムカイは背を向けたまま、そう言った。

「本当に、ごめん」

突然、後頭部に強い衝撃を受けた。

ヒマワリは崩れ落ちる。

泣き出しそうな顔で、ムカイが頭を抱えてヒマワリを見下ろしている。

「ごめんヒマワリ……! でも、こうしないとセナたちが……!」

薄れる意識の中で、ムカイの悲鳴のような声を聞いた。

「約束通り彼を連れてきました。妻と娘を返してください……!」

通称『薔薇の花束』と呼ばれる決勝戦は、十人の魔法使いが互いの持つ魔法の薔薇を奪い合う総当たり戦である。

開始時間になると、四大魔法使いが中央舞台に姿を見せ、会場からは大歓声が上がった。

「『薔薇の花束』を実際に見られる日が来るとは！　『薔薇騎士物語』ファンとしては、これは熱いですよ！」

アオが嬉しそうに身を乗り出す。

しかしすぐに、首を傾げた。

「ヒマワリさん、いないですね……？」

中央に立つ、決勝進出者の魔法使いたち。

その中に、あの金の髪が見当たらなかった。

「これより、決勝戦を開始する。——なお、一名の棄権者が出たため、繰り上げで準決勝で敗退したイツキが決勝に進むものとする」

東の魔法使いの言葉に、客席からざわめきが上がった。

「棄権って、あの金髪の子？　いないよね？」

「なんだよ、あいつに大金賭けたのに」

「どうしたんだろう」

「二次予選の時に怪我していたから、そのせい？」

困惑する人々の声を聞きながら、クロもまた怪訝《けげん》に思った。

並び立った四大魔法使いたちの中で、ヒマワリの師であるアンナが、ひどく暗い表情をしている。その様子からも、ヒマワリによからぬことが起きたのではないかと不安が募った。

「もしかして、怪我がひどいのでしょうか。……俺、ちょっと様子を見てきます！」

アオが立ち上がる。

「俺も行く」

突然二人が押しかけてきたらヒマワリも驚くだろうが、じっとしていられなかった。アオとクロは客席を抜けて、選手の控室へと向かった。

「関係者以外は立ち入り禁止です」

入り口に立ちふさがっているのは、若い魔法使いだった。警備要員として配置されているのだろう、警戒するように杖をこちらに向けてくる。

「あの、ヒマワリさん……決勝を棄権した選手は？　どういう状態なんですか？」

「選手個人のことはお話しできません」

「怪我がひどいんですか？　具合が悪い？」

「野次馬は困るんですよ。選手の迷惑になりますので、お引き取りを」

「野次馬だと？　ふざけんな、俺たちは――」

家族だ、と思わず言おうとして、クロは躊躇《ためら》った。

血の繋がりもなく、もう四年も会っていない。ほんの一年と少し、一緒にいただけ。それでもシロガネだったら、家族だと言い切っていただろうか。

「とにかく、お教えできません。さぁ、戻ってください！」

厳しく追い返され、仕方なく引き下がる。

アオががっかりしたように、遠い目をしながら言った。

「なんというか、いつも島に来るお客様へクロさんがする対応を思い出してしまいますね……すげなく帰れと言われてしまうのって、こんなにも残念な気持ちになるのだと勉強になりました」

「一緒にすんなよ。立場も状況も全然違うだろ」

「ヒマワリさん、もうここにはいないのでしょうか。宿に戻って休んでいるのかも」

「お前の文通相手に聞いてみようぜ」

「アンナさん？」

「あいつの師匠だし、この大会を取り仕切ってる四大魔法使いだ。何があったのか、事情は当然知ってるだろ」

二人がそうこうしている間に、決勝戦は終わりを迎えようとしていた。

長いおさげ髪の少女が、すでに五つの薔薇を手にしていた。彼女に対峙《たいじ》している少年は三つの薔薇を持っている。

残りは、互いが身に着けた薔薇のみだ。相手の薔薇を獲得しようと、二人の間で魔法の応酬《おうしゅう》が激しく続いていた。

最終的にはおさげ髪の少女が押し切り、倒れた少年の胸に挿さっていた薔薇を引き抜いて、十本の薔薇の花束を手にした。その瞬間客席からは大歓声が上がり、会場が揺れそうなほどだった。特に彼女に賭けていた人々は、大喜びで喝采《かっさい》を送っている。大半はヒマワりに賭けていただろうから、相当儲《もう》かったに違いない。

四大魔法使いによる表彰式が行われ、アンナの姿もそこにあった。

すべての式典が終了し、二人が選手用の出入り口で待っていると、がやがやと騒がしい声が近づいてきた。出場者たちが戻ってきたのだ。

「師匠、ヒマワリは？　棄権って、どういうことですか？」

ヒマワリの名に、クロもアオも反応した。

優勝した少女が、祝いの言葉をかける人々を振り払ってアンナを引き止めている。

「さっきまで、あんなに元気だったじゃないですか。怪我はしたけど、私が完全に治癒しました。それなのに――」

「ミカゲ、あなたは新たな薔薇の騎士となったのですよ。今日は祝賀の宴もあります。ふさわしい振る舞いをなさい」

「アンナ、行くぞ」

東の魔法使いが彼女を促《うなが》す。四大魔法使いたちは、せわしなくその場を立ち去っていった。

「師匠……！」

取り残された少女に、見覚えのある青年が声をかけた。

「ミカゲ！　優勝おめでとう！　見事だったぞ、さすが俺の妹弟子だ！　西の魔法使いの弟子は優秀であると、俺に続いて証明してみせたな！」

かつてシロガネに勝負を挑んで終島にやってきた魔法使い、トマリであった。彼は嬉しそうにミカゲの背中をばんばん叩き、近くにいた少年の肩を摑む。

「お前も立派だったぞ、ジン！　最後はお前たちの一騎打ちになるとはなぁ」

「トマリさん、ヒマワリがどうしたのか知りませんか？　俺たち、突然棄権って知らされて」

「ああ、俺もびっくりした。何が何でも今回優勝するって意気込んでたのにな。本人が一番悔しいだろうよ。宿舎に戻ってるんじゃないか？　でも今は、そっとしておいたほうが──」

「おい」

クロが声をかけると、トマリは怪訝そうに振り返った。

そして、ぎょっとしたように硬直する。

「あ、あんた……」

「ヒマワリは？　どういう状態なんだ？」

「ヒマワリの応援に来たのか？」

「悪いかよ」

「ヒマワリさん、大丈夫なんですか？」

「いや、俺にもよくわからなくて……さっき、運営やってる知り合いに聞いたら、時間になってもヒマワリが現れないから困っていたら、東の魔法使いから『棄権だと連絡を受けた』って話があったとか……」

「東の魔法使いから？　アンナさんじゃなくて？」

「師匠から伝言されたんじゃないか？　とにかく理由はよくわからないらしいけど、多分体調が悪くなったんじゃないかな。毎回、そういう選手が何人かは出るものだし」

「そんな！　だって、お昼前は元気でしたよ」

ジンが主張すると、ミカゲも頷いた。

「お二人は、ヒマワリさんのご友人ですか？」

二人は、こいつら何者だ？　という目でアオとクロを見上げている。双方を知っているトマリが、気をきかせて紹介し始めた。

「彼らは、以前ヒマワリの面倒を見ていた人たちだ。親代わり——みたいなものだよ」

「ヒマワリの？」

「こっちのミカゲとジンは、西の魔法使いの弟子だ。ヒマワリとは兄弟弟子だな」

「おやおや、そうでしたか。はじめまして。いつもヒマワリさんがお世話になっています」

アオが丁寧に挨拶する。

二人もぺこりと頭を下げた。

「俺、宿舎見てくるよ」

「私も行く」

「俺たちもついていっていいですか？」

「どうぞ」

ミカゲたちの案内で、一行は宿舎へと向かった。しかし、ジンと同室であるその部屋に、ヒマワリの姿はなかった。

「荷物もなくなってる……どういうことだ？」

ジンが困惑しながら部屋を見回した。

「え、もしかして帰った？　なんで？」

「師匠はこのこと、知ってるんか？」

心配そうなミカゲとジンに、トマリが「師匠に確認してくる」と飛び出していく。

「お二人は、今日ヒマワリさんと一緒ではなかったんですか？」

アオの問いにミカゲは眉を下げ、困惑したように額《ひたい》に手を当てた。

「ヒマワリとは二次が終わった後別れて、それきり見てないんよ。昼食も一緒に食べるはずだったんけど」

「あの時会った男の人、何か知ってるんじゃないかな？」

「男の人？」

ジンがそう、と頷《うなず》く。

「二次予選の後、ヒマワリに声をかけてきた人がいたんですよ。知り合いだったみたいで、確か、ええと……ムカイ、って名前の」

「ムカイ？」

アオとクロは顔を見合わせた。

「ムカイって……あのムカイか？　セナの？」

「ここに、来ていたんでしょうか？」

「知り合いですか？」

「ああ、まぁ……」

「とりあえずミカゲは戻ったほうがいいんじゃないか？　今日は祝賀の宴があるだろ。主役の薔薇の騎士がいなくちゃ」

「そもそもヒマワリが決勝に出ていれば、私が勝てたかどうかわからんよ。正直、嬉しくない。これじゃ、正々堂々と薔薇の騎士は名乗れん」

「だよなぁ。やっぱ、そう思っちゃうよなぁ」

ジンが肩を竦《すく》める。

クロは不思議と、この二人の存在に嬉しさを感じた。ヒマワリのことをこれだけ心配し、そして認めてくれている。ヒマワリは、よい仲間に囲まれて暮らしているのだ。

やがて戻ってきたトマリは、困ったように頭を掻いた。

「今夜は暁祭だから四大魔法使いは忙しいって、師匠には会えなかった。また明日、改めて確認してみよう」

「暁祭……って、なんだ？」

クロが尋《たず》ねる。

「最初の魔法使いである魔女を祀《まつ》る、魔法使いにとって最も大事な祭だよ。六十六年に一度だけ行われる秘祭で、その内容は代々、四大魔法使いにしか伝えられない。ほかの魔法使いは立ち会うことも許されない、魔法界きっての謎の多い一大イベントだ」

「六十六年？　人間にしては、随分と長い間隔をあけるもんだな」

アオとクロの正体を知っているトマリは、その他人事《ひとごと》のような言い方に少しぎくりとしていた。改めて、彼らが長く生きていることを思い出したのだろう。トマリにも当然、島を出る際に呪いをかけているので、その事実を口にすることはなかった。

「そう……だから、前回の暁祭を目《ま》の当たりにした魔法使いは、もうこの世にいない。誰も、実際の暁祭を知らないんだ。前回の暁祭は確か、あの伝説の魔法比べがあった年のことだよ」

「伝説？」

「大魔法使いシロガネが薔薇の騎士になった、今も語り草になっている年さ。なんでもシロガネは、瞬《まばた》きするほどの間に、すべての薔薇を手にしてしまったらしい。——まぁ、伝説なんて誇張されているから、どれほど真実かわからないけれど」

最後の一言を付け加えるあたり、いまだにシロガネをライバル視しているらしい。

何かわかれば知らせる、と約束してくれたトマリたちと別れ、アオとクロは宿舎を後にした。

「ミカゲさんとジンさん、いい子たちでしたね」

「ああ」

「ヒマワリさんのこと、本当に心配しているのがわかります。きっと金色の谷間でのヒマワリさんは、辛い目に遭《あ》うようなことはなかったでしょう。俺はなんだか、とても嬉しくなりました」

「……そうだな」

「クロさん」

「うん？」

「さっき、野次馬と言われた時、家族だと言おうとしたでしょう」

「…………」

「俺も、そう思いましたから」

「ヒマワリは、どう思ってるかわかんねーけどな」

日が傾いてきていた。

そろそろ島に帰らなければならない。留守を預けてきたミライも、もとの時代へ帰る頃だ。

「ひとまず、俺は島へ帰ろうと思います。クロさんはどうしますか？」

「俺は残る。明日、ヒマワリの状況が確認できたら――」

「アオ！　クロ！」

薄暗くなった道の向こうから、駆けてくる人影があった。

一瞬、ヒマワリが現れたのかと期待した。

しかし、それは明らかに女性だった。腕の中には、幼い子供を抱えている。

「え……セナさん？」

それは確かに、あの竜の呪いを受けた少女、セナだった。

今ではもう少女とはいえない、大人の女性になっている。体中を覆っていた鱗は消え去り、美しい滑らかな肌が覗《のぞ》いていた。しかしその表情は、今にも泣き出しそうだ。

対照的に、彼女が抱えている子どもは曇《くも》りのない目をくりくりと動かし、興味深そうにこちらを見つめている。

息を切らしてやってきたセナは、二人の前にがくりと膝をついた。

「ごめんなさい……」

「セナさん？　一体どうしたんです」

「ごめんなさい、ごめんなさい……！」

涙を流しながら、セナは繰り返し謝るばかりだ。

「おい、一体なんなんだ」

「あなたは、私の病を治してくれたのに、恩をあだで返すようなこと……！」

「は？」

「セナ、待って！」

ムカイが慌《あわ》てた様子で追いかけてくる。アオとクロに気がつくと、はっと青ざめて立ち止まった。

「ムカイ……」

ミカゲたちの話では、ヒマワリはムカイと再会して、二人でどこかへ姿を消したという。

問いただそうと、クロが前に出た。

「おいムカイ、ヒマワリは――」

「申し訳ありません！」

がばりと、ムカイもまたその場に手をついて、額を地面に擦《こす》り付けた。

「僕は、僕はどうしても、セナと娘を助けたくて……！」

「なんなんだよ？　一体どういう……」

「ヒマワリが……」

セナが青ざめた顔を上げ、声を震わせた。

「ヒマワリが……大変なの」

幼い頃からオグリは、予知の魔法に対し突出した才能を見せていた。

あの日、水鏡の向こうに見た、やがてもたらされる世界の姿。それはこれまで見たどんな未来よりも恐ろしく、そして、あってはならぬものであった。

その世界で、彼は四大魔法使いの一人になっている。

当時ヒムカ国の宮廷魔法使いであった彼にとって、それは何よりの栄誉であり、最大の出世であった。

喜んだのも束の間。

未来の彼の胸には、深々と刃が突き刺さっていた。

血を流しながら、彼は自分を殺した下手人《げしゆにん》の顔を憎々し気に見上げる。

金の髪を持つ若い男。その目の内には、まるで向日葵が咲き誇るような美しい虹彩《こうさい》が浮かんでいる――。

予知魔法を吹き消して、オグリはその場に崩れ落ちた。動揺し肩で息をしながら、恐る恐る己の胸元を見下ろす。血は流れていない。

だがあれは、必ず訪れる未来なのだ。

オグリは自分の予知能力の確かさを知っている。

自分はいつか、あの男に殺されるのだ。

その日、ヒムカ国には一人の王子が生まれていた。王がことのほか寵愛する女が産んだその子を目にした時、オグリは確信した。

輝く金の髪、向日葵の咲く瞳。

これが、自分を殺す魔法使いだ、と。

「王子は――呪われております」

彼は王に、偽りの奏上をした。

「己の運命を、変えるために。

「成長した暁には必ずや己の父である陛下を弑《しい》し奉《たてまつ》り、やがてはこの国を滅ぼすでしょう」

王は驚愕《きょうがく》した。

彼はこれまで、オグリの予知魔法に幾度も助けられてきたのだ。それだけオグリを信頼していたし、その予知が外れないことを知っている。

悩み抜いた末、王は生まれたばかりの王子の処刑を命じた。王子を産んだ母親は子を失って心を病み、やがて城を出ていった。

こうしてオグリは、己の手を汚すことなく敵を葬《ほうむ》り去ったのだ。

ところがそれから数年が経《た》った頃、オグリはまた、同じ未来を視た。

自分が金の髪の男に、殺される未来。

あの子どもは、生きているのではないか。疑いを持ったオグリは処刑に関わった者たちを取り調べ、やがて死んだ赤子が偽者であったことを突き止めた。本物の王子は、側妃であった母によって、城の外へ逃がされていたのだ。

母であるトキワは城を出た後、辺境の寒村で暮らしていた。王から再三城へ戻るようにと要請があったが、病を理由に決して応《こた》えることはなかったこの魔法使いの女は、実はその手元で密かに息子を育てていたのだった。

この事実を報告すると、王は呪われた子を殺すために兵を差し向けるよう命じた。イチイ将軍が指揮を執り、そして確かに子どもを始末したと報告があった時、オグリは思わず快哉《かいさい》を叫んだ。

これで、恐れるものは何もない。

その年、オグリは四大魔法使いの一人に推挙された。

東の魔法使いとなり、魔法の塔の頂点から下界を見下ろした時、彼は思わず涙した。

ついにここまで来たのだ、と。

名家とは呼べない家の四男だったオグリは、決して優秀な魔法使いとはいえなかった。若い頃には辛酸《しんさん》も舐め、才能ある魔法使いを羨《うらや》んだ。そんな彼がのし上がってこれたのは、予知魔法に関する群を抜いた能力のおかげだ。

そうして四大魔法使いとして迎えた、二度目の魔法比べ。

そこで彼は、信じられない光景を目にしたのだった。

死んだはずの、あの王子。

ヒマワリ、という名を持ったその少年が、恐ろしいほどの魔法の才能を溢《あふ》れさせて、目の前に立っていた。

生きていたのだ。

ちょうどその場には、ヒムカ王の息子でありヒマワリの異母兄である王子、アヤが来賓として訪れていた。オグリは彼を使い、ヒマワリを今度こそ殺そうと考えた。

しかし、アヤはしくじった。夜、イチイにヒマワリを襲わせたが魔法で対抗され、あえなく退却するはめになったのだ。

失敗したアヤは諦《あきら》めず、翌日の二次予選に出場する魔法使いを買収することにした。試合の中で、事故という形でヒマワリを殺《あや》めようというのだ。

悪くない計画だったが、オグリは慎重だった。アヤが再び失敗した場合の策も講じておくべきだ。

オグリの目から見ても、ヒマワリの才能は飛びぬけている。決勝に進めば、間違いなく薔薇の騎士となるだろう。魔法界における誉《ほま》れ高いその名を冠すれば、否《いや》が応でも注目を浴びるようになる。そうなれば、密かに殺すにも手を出しにくい。首尾よく命を奪ったとして、その死に疑問を持つ者が出てくるかもしれない。事故死や失踪《しっそう》を装うのも難しくなる。

不安から、幾度もヒマワリに関する予知を試みたが、靄《もや》がかかってどうもうまく視えなかった。断片的なイメージだけがいくつか浮かび上がったものの、計画がうまく進んでヒマワリが確かに命を落とすかどうか、確証は持てなかった。

なんとかしなくては――そう考えた時、オグリの頭にはこれ以上ない妙案が光り輝いた。

ヒマワリを、魔女の依《よ》り代《しろ》にすればよいのだ。

依り代に選ばれた者は、決勝の前段階で棄権させることが決まっている。そうなれば薔薇の騎士になることも避けられ、そして自らの手を汚すことなく、この世から存在を消し去ることができるではないか。

だがこれはあくまで、最後の手段だ。

依り代の選定は、オグリの独断でできることではない。四大魔法使いによる合議の上、全員一致が基本である。できる限り自分とヒマワリの関係が薄いまま、疑われることなく彼を葬り去りたいオグリにとっては、最善の策とは言い難かった。

しかし、アヤはまたしても失敗した。ヒマワリは二次予選で怪我こそしたものの、勝ち上がってしまったのだ。

もう後がない。

オグリは仕方なく、ほかの三人の魔法使いに提案した。

「あのヒマワリという少年が、此度《こたび》の依り代には適任ではないか」

北と南の魔法使いは、オグリの意見を支持した。

「……よいのではないか」

「確かに、あれほどの力を持つ者なら、魔女もご納得くださるだろう」

北の魔法使いナガレはすでに八十を過ぎており、四人の中で最年長であった。若い頃は強力な魔法使いとして、同世代であるシロガネと何かと比較されることの多かった人物だ。最近ではすっかり耄碌《もうろく》してきて、会議でも「よいのではないか」としか言わない。そろそろ、北の魔法使いは交代させるべきだろう。

南の魔法使いヒナグは三十代の女で、こちらは逆に四人の中で最年少である。生真面目な性格で、今回の暁祭を必ずや成功させようという意欲に燃えていた。四大魔法使いとして強い使命感を抱いており、それは時に行き過ぎとすら思えるほどの強硬な姿勢を覗かせるので多少厄介《やっかい》ではあったが、この場においては好都合だった。

ただし、西の魔法使いであるアンナだけは反対した。

ヒマワリは彼女の弟子だ。これは、予想できたことだった。

「ほかにめぼしい者といえば、これもまたそなたの弟子であるミカゲ、あるいはジンとなるぞ。中でもヒマワリは身寄りもなく、最も適性がある候補だと思うが」

「それは……」

「アンナ、そなたもわかっているであろう。連綿と受け継がれたこの暁祭の意義を。我らはこの時、四大魔法使いの座に就く者としての責務がある。魔法を後の世まで存続させ、我ら魔法使いが生き残り続けるために、誰かが犠牲にならねばならぬ。いや、犠牲などではない。彼らは魔女と一体となり、永遠となるのだ。これほどの栄誉があるのか」

それでも、アンナは強硬に反対した。

最後には、多数決でヒマワリを依り代にすることが決定された。これもまた、全員一致での決定がなされない場合の、長きにわたり受け継がれたルールである。歴代の暁祭でも、意見が割れることはあったのだろう。

あとは、いかにして依り代の身柄を確保するかだ。本来であればアンナが弟子を呼び出すという自然なやり方で穏便に事が済むはずだが、アンナはこれを拒んだ。

あくまで、自然な失踪を装わねばならない。その失踪が、暁祭との関連性を疑われるようなことがあってはならないのだ。だが今のヒマワリは、昨夜から続く事態に身の危険を感じ、さぞかし警戒していることだろう。呼び出すにしても連れ去るにしても、工夫が必要だった。

そこでまた、アヤを使った。こんなこともあろうかと、二次予選での罠が失敗した時のために知恵を授けておいたのだ。

予知魔法を使って視た、魔法比べ二日目の光景。

その中に現れた、断片的な未来。

ヒマワリが、若い夫婦と親しそうに談笑している。セナと呼ばれた女の腕には、小さな娘が抱かれていた。

シロガネが自分の立場であれば、一体、どうしていただろう。

アンナはそう、何度も自問した。

暁祭が始まる。

四人の魔法使いと、そしてヒマワリを乗せた船は、烏輪《うりん》の入り江から暗い海の彼方へと向け出航した。魔法によって動かされているこの船には、そのほかの乗組員は存在しない。

アンナは船の舳先《へさき》で、行く手の闇《やみ》を見つめながら拳を握りしめていた。下層の船室では、ヒマワリが何も知らぬまま眠っている。

暁祭の内実を初めて知ったのは、西の魔法使いに就任した日のことだった。

先代から伝えられたおぞましい事実に衝撃を受けたアンナは、一時はその地位を捨てようとさえ考えた。何より耐え難かったのは、自分がこれまで愛してきた魔法というものが、誰かの命を犠牲にして成り立っていたということだった。知らぬ間に自分も、そしてすべての魔法使いが、この犯罪の共犯者になっていたのだ。

それからしばらくの間、彼女は魔法を手放した。恐ろしくて、魔力に触れることすら拒んだ。歴代の四大魔法使いたちは、この秘密を抱えながらどうして務めを果たしてこられたのだろうか。

散々に煩悶《はんもん》したアンナは、結局西の魔法使いとして生きることを選んだ。魔法に対する、責任を果たすべきだと思ったのだ。これまで無邪気に使っていたその魔法を、ただのおぞましい力にするわけにはいかない。命の代償としての魔法を、せめて意義あるものとして成立させるべきだと思った。そして同時に、こんなにも残酷な代償を払わず魔法を存続させる方法はないのかと、必死に探し続けた。

しかし、そんなものはどこにもありはしなかった。

今年の魔法比べが近づくにつれ、不安と恐れが募った。このままでは本当に己の手で、幼い魔法使いたちを生贄《いけにえ》のように魔女に差し出すことになる。もしかしたらそれは、彼女の弟子の誰かかもしれないというのに。

弟子を取ると決めた時から、その不安は常につきまとった。

（ヒマワリ――）

あのまま終島で暮らしていれば、こんなことにはならなかったのだ。もちろん、魔法の制御ができないまま成長すれば、彼の命は危うかった。その点では、彼を救ったつもりだった。それでも島から誘い出し、この残酷な魔法使いの世界に身を置かせたことが、また彼の身を危うくさせている。

闇の向こうから、ぽつんと小さな灯《あか》りが近づいてくるのが見えた。

ランプを灯《とも》した小舟が、闇の中から浮かび上がる。

魔女の迎え舟――先代の西の魔法使いから聞いた通りだ。アンナは、現実として目の前に現れたその光景に息を呑んだ。

この舟の中に、依り代となる魔法使いを捧げる。すると、海の底から魔女が姿を現すのだという。

魔女とは一体、どんな存在なのだろう。この世に初めて現れた魔法使い。肉体を入れ替えることで永遠の時を生きる、魔法の扉の番人。

残酷な仕打ちをしようとしている罪悪感と恐れと同時に、魔女をこの目で見ることができると思うと、気持ちが昂《たかぶ》った。この相反する感情に押しつぶされそうになり、アンナはぎゅっと目を瞑《つむ》る。

（シロガネなら、どうしただろう……シロガネであれば……）

誰より強く、誰より自由であった大魔法使い。

かつてのアンナは、彼に憧れを抱いていた。あんな魔法使いになりたいと思った。彼に追いつきたい。そしていつか、胸を張って彼の隣に並ぶことのできる魔法使いになり、彼の傍にずっと、寄り添っていたかった。

シロガネは、アンナの密かな想いに気づいていただろう。それでも彼がアンナを受け入れることはなく、かといって突き放すこともなく、ずっと変わらずに接してくれた。アンナが困っていれば、助けてくれた。何としてでも、守ってくれた——。

「皆、よいな。始めるぞ」

東の魔法使い、オグリが言った。

甲板《かんぱん》へと連れてこられたヒマワリは、まだ眠ったままだ。オグリは彼に杖を向け、小舟へと浮遊させる。

遠ざかっていく少年の姿に、アンナは船縁《ふなべり》に飛びついた。

その身体が小舟によって運ばれていけば、もう二度と、彼には会えない。暗い海の底に閉じ込められ、魔女として生きることになる。いや、それはもう、生きているとは言えないだろう。

ヒマワリはずっと、いつか終島に帰るのだ、と言っていた。

アオとクロのもとに、戻るのだ——と。

「だめよ……」

アンナは思わず、声を上げた。

「だめ……やめて!」

気がつくと、身体が動いていた。

こんなことをすればどうなるか。魔法がこの世から失われるかもしれない。それだけではない、何が起こるかわからない。

けれど。

（シロガネなら、こうするはずよ……！）

杖を取り出すと、アンナはオグリに向けて魔法を放った。氷の礫《つぶて》が、彼をめがけて雨のように降り注いでいく。

気づいたオグリが、防御魔法を展開した。その隙に、アンナはヒマワリを引き戻そうと、魔法の網で少年の身を絡めとる。

「何をしている、アンナ！」

「あの子は私の弟子です！　こんなことは、師として許しません！」

しかし、アンナは大きな衝撃に吹き飛ばされた。同時に、ヒマワリにかけていた魔法が途切れてしまう。

倒れこむ彼女に杖を突きつけたのは、南の魔法使いであるヒナグだ。

ヒナグは厳しい声を上げた。

「アンナ殿、あなたには四大魔法使いとしての自覚がないのですか？　この暁祭を滞《とどこお》りなく終えることができなければ、連綿と続いてきた我ら魔法使いの世が終わってしまうのですよ！」

「しばし動けなくしておけ、ヒナグ。アンナ、お前は頭を冷やすのだな」

オグリによって、ヒマワリの身体が小舟へと横たえられる。ヒナグの魔法で身動きできなくなったアンナは、息を呑んでその様子を見守るしかなかった。

「ヒマワリ……！」

小舟はひとりでに、すうっと闇の中へと漕《こ》ぎ出していく。

遠ざかっていくその小さな灯りを、アンナは絶望的な思いで見つめた。

やがて静かな夜の底から、恐ろしい音が響き始める。

四人の魔法使いは、それぞれ驚きの声を上げた。

海が割れ始めたのだ。

巨人がその手で海水を左右に分けたかのように、徐々に海底が覗き、やがて一本の道が出現する。道の先には石造りの白い門が、被っていた水を滴《したた》らせながら姿を見せていた。

あまりに劇的な海の変貌《へんぼう》に、皆固唾《かたず》を呑んでその様子を見守っている。

白亜の門の向こう側は、そこだけ切り取られたように、海の底にあるはずのない景色が垣間見えていた。真昼のように明るい世界。光り輝く生い茂った緑の蔦《つた》の合間には、一枚の扉があった。

その扉の前に佇《たたず》む、幽鬼のような人影がひとつ。

アンナはぞくりと身を震わせた。

その人物は海底の道が開かれたことを確認するように、ゆっくりと門の前まで進み出た。

（あれが……魔女？）

それは、少年だった。

眩《まばゆ》い光をその身から発し、人とは思えない神々しさを纏《まと》っている。

魔女の依り代に、性別は関係がない。ある時は少女、ある時は少年が選ばれる。六十六年前、依り代となったのはマホロという少年であったという。

マホロもまた、西の魔法使いの弟子であった。当時の西の魔法使いオトワは、その翌年に四大魔法使いを辞している。彼の苦悩が、今のアンナには痛いほどよくわかった。

少年はすうっと、流れるような動作で門の外へと足を踏み出す。

「ああ……あああ」

突然、北の魔法使いナガレが真っ青な顔をして呻き始めた。

「マホロ……本当に……」

「ナガレ殿？　どうされたのです!?」

ヒナグの問いには答えず、ナガレは目を見開きながらふらふらと後退《あとずさ》る。その身体は微かに震えていた。

「ほ、本当だったのだ……あいつが……あの時……依り代に……」

体重を感じさせない足取りでひたひたと近づいてくる少年は、人の姿をしながらもすでに人ではないことが明らかだった。その顔に表情はなく、ひどく作り物めいている。

突然、少年は足を止めた。

そして、感情の窺い知れない面《おもて》を上げ、空を見上げる。

空と海の狭間に、荒れ狂う鳴き声がこだました。それは不穏な風を孕《はら》んで、夜の暗闇を満たし、魔法使いたちの肌を粟立《あわだ》たせた。

「な、なんだ……?」

「なんの、声……」

不安そうに周囲を見回すオグリとヒナグは、やがて零れ落ちんばかりに目を見開いた。

深く重い闇夜を切り裂くように現れたその姿に、アンナも息を呑む。

(ああ――)

涙がじわりとこみ上げてくる。

シロガネならばどうするだろうと、ずっと考えていた。

けれど、答えなど最初から決まっていたのだ。

きっと彼なら、ヒマワリを守ろうとするだろう――必ず。

黒光りする鱗に覆われた巨大な竜が、大きく口を開き、少年の姿を纏った魔女目掛けて業火を吐き出した。

暗い海の上を滑るように風を切りながら、クロの煌《きら》めく瞳は一隻《せき》の船と、小さく光る妖《あや》しい灯りを捉《とら》えた。

「──いたぞ、あれだ！」

突如《とつじょ》、前方の海が割れ始めた。

海の中に一筋の道ができあがり、海底から現れた門の奥から、一人の少年が進み出てくる。光を発しながらゆっくりと歩く少年は、どこか人形じみていた。

（あれは……人間じゃない）

「クロさん、ヒマワリさんがあそこに！」

クロの背に摑まっていたアオが、はっとして前方を指さした。

小さな舟の底に横たわる、ヒマワリの姿があった。意識がないのか、青白い顔でぐったりしている。

輝く少年は、ヒマワリのもとへ向かっていく。

（あいつを、ヒマワリに近づけたらいけない）

直感的にそう感じたクロは急降下し、少年の前に大きく翼を広げて立ちはだかった。

瞬間、張り詰めた力の圧を全身で感じる。

輝く少年の目が、クロに向けられた。ひりつくような空気が、クロを包み込む。

殺される、と思った。

反射的にクロは牙を剝《む》き、骨まで焼き尽くす激しい業火を少年に向けて一気に叩きつけた。この炎を浴びれば、青銅人形でもない限りは一瞬で消し炭だ。

しかし気がつくと少年は、クロの背後にひっそりと立っていた。

「……！」

感情の窺い知れない顔。彼は指ひとつ動かさなかった。

途端に、黒竜の巨体は大きく弾き飛ばされた。

（なんだ、こいつ――）

この少年は魔法使いに違いない。だが、ただの魔法使いではない。

何かよくないものだ。

恐ろしく強いことはわかる。それもきっと、シロガネ以上に。

だがその力は、これまで見てきた魔法使いとは、根本的に何か異質な気がした。

本能によって動く、原始の生き物と対峙しているような――。

クロはそのまま海面まで舞い上げられ、停泊している船に激突した。甲板に落下してきた巨体に、船に乗っていた魔法使いたちが悲鳴を上げる。

「クロさん、大丈夫ですか!?」

振り落とされて甲板に転がったアオが、慌ててクロに飛びついた。

「りゅ、竜だと……!?」

「まさか……」

「本物なの!?」

口々に騒ぐ三人の魔法使い。競技場で見た四大魔法使いたちだ。

その向こうに、アンナの姿があった。

「あなたたち……」

「アンナさん、これは一体どういうことなんです？」

険しい表情でアオが尋ねた。

「ヒマワリさんを、一体どうするつもりですか？」

アンナは苦し気な表情で、唇を嚙《か》みしめた。

「……今夜は暁祭。我ら魔法使いの始祖、最初の魔法使いである魔女が復活し、生まれ変わる日なのです」

「アンナ殿！　暁祭は魔法界における最大の秘儀！　四大魔法使い以外に他言することは、決してあってはなりませんぞ！」

ヒナグが、血走った目をして叫んだ。

しかしアンナは黙らなかった。

「私が至らぬばかりに、こんな事態になってしまった……いいえ、そもそも長く続いたこの祭が、どれだけおぞましいものであるか……！」

「いい加減になさい！　あなたをその座から解任することになりますよ！」

「ええ、結構です！　でもその前に、私の弟子を返してもらいます！」

ヒナグがアンナに杖を向けると、アオがアンナを庇《かば》うように立ちふさがった。

「彼女を傷つけたら、俺が承知しませんよ」

「そこをどきなさい！」

「あの少年は何者です？　ヒマワリさんは何故《なぜ》、ここへ連れてこられたんですか？」

アンナは、口にするのを躊躇うように顔を歪《ゆが》めた。

「暁祭は――劣化した魔女の身体を取り換え、永遠に生かすためのものなのです」

「身体を、取り換える……？」

「アンナ殿！　それ以上言えば――」

顔を真っ赤にして喚《わめ》くヒナグに、アオは一瞬で距離を詰めた。

「うるさいですよ」

無造作にヒナグの腕を掴むと、それをぶんと、海に向けて放り投げた。

何が起きたのかわからない、という顔で、ヒナグは夜空に弧《こ》を描いていく。やがて、水しぶきを上げて落下する音が聞こえた。

身体を起こしたクロが首をもたげると、睨《にら》みつけられたオグリはひぃっと声を上げて後退った。ナガレは数々の衝撃にもうすっかり足が立たないようで、震えて座り込んでしまっている。

「千年の昔、魔女は禁じられた魔の法に手を出しました。その結果、魔法を得て、この世で最初の魔法使いとなったのです。ですがその代償として彼女は己の肉体を失い、魂《たましい》は永遠に暗い水底《みなぞこ》へ囚《とら》われた……」

アンナの声が、船上に響く。

「そこで魔女は、失った身体の代わりに別の身体に己の魂を込めることで、永遠に生き続ける方法を編み出したのです」

「永遠に、生きる……」

「ええ。言うなればそれは、不老不死……生まれ変わり続けることで、永遠の存在となったのです。けれど器《うつわ》となる肉体は、あくまで生身のもの。いずれ衰《おとろ》え、朽《く》ちていく。……ですから魔女は、定期的に新たな身体を求めるのです。そのために、四大魔法使いは六十六年に一度、魔法比べの中で魔女の依り代にふさわしい子どもを一人選び、その肉体を魔女に捧げる——それが、暁祭の全貌《ぜんぼう》です」

光輝く少年は邪魔者がいなくなったと判断したのか、再びヒマワリの小舟に向かって歩き始める。

「あの少年こそが、魔女その人。六十六年前には、マホロという少年がその身を捧げられました。きっと今の姿は、彼のものです。依り代となった者はその瞬間から自我が失われ、魔女にその身を支配されてしまいます。そうして一人、深い海の底に閉じ込められ……六十六年後、次の新しい依り代がやってくれば、その身は朽ちて消えてしまいます」

「つまり、今回は新しく……ヒマワリさんの身体を、依り代に？」

ひくん、とアオが動きを止めた。

無機質な表情を浮かべるその様は、明らかに静かな怒りを湛《たた》えている。

「魔法使いが操る魔力の源《みなもと》は、魔女によって開かれた扉です。魔女が生き続けるから、この世に魔法が存在し続ける……この暁祭には、魔法と、魔法使いの存続がかかっているのです。だからこれまで人知れず、幾人もの依り代が捧げられてきた……」

「アンナ！　お前……ただではすまぬぞ！」

オグリが苛立ったように喚いた。

「お前もだ、若造！　知られたからには、生きては帰さぬ！」

荒い息の下、アオに指を突きつける。

するとアオは、冷えた無機質な瞳を彼に向けた。

「生きて帰れないのは、あなたのほうです」

その不穏な気配に、オグリは思わず数歩、後退った。

「ふざけるなよ……」

黒竜が地を這《は》うような声を轟《とどろ》かせたので、オグリはこちらにもぎくりとして飛び上がった。

「お前ら、自分たちの仲間を何人も、その魔女とやらの生贄にしてきたってことかよ!?」

海に落ちずぶ濡れになったヒナグが、ぜえぜえ言いながらも魔法でその身を持ち上げ、船の上に這い上がってきた。

クロはそんな彼女も含め、魔法使いたちをぎろりと睨みつけた。

「じゃあ……お前たち以外の魔法使いは皆、自分たちの使う魔法の裏にそいつらの犠牲があるとも知らずに、魔法を使い続けてるっていうのか……？」

楽しそうに魔法を操っていた、幼いヒマワリの顔が浮かぶ。あの小さな手が知らぬうちに無理やり血に汚されてしまったようで、クロは抑えがたい怒りを覚えた。

そして、シロガネも。

彼もまた、何も知らずに、魔法とともに生きてきたのだろうか。

その正体は、これほど醜悪《しゅうあく》なものであったというのに。

だが、クロは思い返す。

シロガネは魔法を使う際、いつもひどく愛《いと》おしそうに操るのだった。彼にとって魔法は使役するものではなく、大切にしまいこんだ宝物を扱っているようだった。

――変わることで永遠になるのかもしれないね。

死の目前の、あの言葉。

（いや、違う。きっと、シロガネは知ってたんだ……）

そうであるなら、シロガネがこんなことを黙って見過ごしていたはずがない。必ず、どうにかしようとしたはずだ。

そこまで考えて、クロははっとする。

（あいつの研究って、もしかして――）

「クロさん！　ヒマワリさんを連れて逃げてください！」

アオの声が響いた。

気がつくと、アオは船からその身を躍《おど》らせていた。

アオの身体は膨張《ぼうちょう》し変形し、みるみるうちに巨大化していく。本来のゴーレムの姿を現すと、海底を揺るがすような音をどすんと立てて海の道へと降り立った。

魔法使いたちは再び驚愕して、喘《あえ》ぐような声を上げている。

「……これは！」

「青銅人形!?」

アオの太く輝く腕がその重量に見合わぬほど素早く動き、輝く少年の身体を掴み上げた。

鋼鉄の手に強く握りこまれ身動きできない少年は、しかし眉一つ動かさない。

その隙にクロは、傷ついた翼をはばたかせた。一気に舞い上がり、いまだ目を覚まさないヒマワリのもとへと急ぐ。

しかし、その翼が突如、何かに絡めとられるような感覚に陥《おちい》った。思うように飛ぶことができなくなったクロは咆哮《ほうこう》を上げながら、逃れようと空中をもがく。翼が動かない身体は、みるみるうちに落下し始めた。

「これ以上、邪魔はさせぬぞ！」

オグリが杖を構えて叫んだ。

その左右では、南北の魔法使いが同様に杖をクロに向けている。彼らが妨害の魔法を放ったのだ。

クロの身体は、じりじりと船に向かって引き寄せられていった。

「生きたまま捕らえるのだ！　この世で最後の竜、決して逃すわけにはいかぬ！」

クロはもがきながら、炎を手あたり次第に吐き出した。しかし魔法の網はさらに強くその身を縛り付けていく。世界最高峰と謳《うた》われる四大魔法使いのうち、三人が力を合わせてかけた魔法だ。そう簡単には振りほどけなかった。

どぉん、と地響きがする。

巨大なゴーレムが、流れ落ちる海水に向かって倒れこんでいた。その身体のあちこちが大きくへこみ、あるいは黒々と焦げた痕《あと》が目に入る。

「アオ！」

アオは倒れたまま、身じろぎもしない。その姿を、少年は感情の伺い知れない顔で見つめている。彼が――魔女がやったのだ。

（くそっ……）

すぐ目の前に、ヒマワリがいるのに。

白い門の向こうから伸びてきた蔓《つる》が、生き物のように海の道を覆っていく。

それは恐ろしい勢いでヒマワリの横たわる舟の内まで駆け上がり、彼の身体を恭《うやうや》しく持ち上げた。

「ヒマワリ……！」

クロは叫んだ。

魔女の目の前まで運ばれていくヒマワリは、いまだ意識がなくその腕はだらりと垂れている。

「起きろ、ヒマワリ……！」

クロの声は、届かない。

魔女が覆いかぶさるように、彼の顔を覗き込んだ。

「ヒマワリ——！」


声が聞こえた。

どくん、と胸が音を立てる。

透き通るほどの光が満ちている。でも、眩《まぶ》しくはない。

どこもかしこも、不思議なほど真っ白だ。

光に包まれた少年が、彼を見下ろしている。

太陽のような燃える赤毛、きらきらと輝く蜂蜜《はちみつ》色の瞳、優しい微笑《ほほえ》み。

(僕は、知ってる)

どくん、と再び胸の音が響く。

(君を、知っている……)

少年の唇が動くのを、ぼんやりと眺める。

——シロ。

その声は、泣きたくなるほど懐かしい。

——起きるんだ、シロ。

（シロ……？）

どうして、そんなふうに自分を呼ぶのだろう。

（犬の名前、みたい、だ……）

どくどくどく、と心臓が音を立てる。

かっと眩い光に包まれると、ひときわ強い声が響き渡った。

――目を覚ますんだ、シロガネ！

ざわ、と風が吹き荒れた。

ヒマワリははっと目を開けた。

風が、金の髪を大きく揺らす。

唇が戦慄《わなな》いた。

赤毛の少年が、こちらを覗き込んでいる。

その顔――その顔は――

「ま、ほ、ろ――」

唐突に、マホロの姿は朧気《おぼろげ》になり、やがてその輪郭《りんかく》は波に押し流される砂山のように崩れ始めた。

はらはらと消えて流れていくその砂の欠片《かけら》は、徐々に数えきれないほどの黒い蝶《ちょう》に形を変え、音を立てて一斉に飛び立っていく。蝶の群れは渦を巻き、風を巻き上げ上昇した。

「マホロ……マホロ――！」

ヒマワリは声の限り叫んだ。
叫んだつもりだった。

——戻ってくるよ。
それは、かつて己が口にした言葉だ。
——必ず、戻ってくるから。
泣き出しそうな顔をした竜。
ゆらゆら揺れる青銅人形。
未来からやってきた青年。
小さな島の風景が広がる。
よく、丘の上に寝転がった。
幼い日、天才と呼ばれて己の力を過信している銀の髪の少年。
赤毛の少年。いつも明るく笑っている。
手にした薔薇の花束。
門。
白い門が、海の中から現れる——。
目まぐるしく、世界が移り変わる。

母と二人、小さな村で何も知らずに笑っている金の髪の少年。
振りかざされた、ぎらつく刃《やいば》。
波に揺られている。どこまでもどこまでも。
目が覚めると、彼がいた。
かつて、泣き出しそうな顔をしていた、彼が――。
「お前の名前。ヒマワリにしよう」

流れ落ちる大量の水音が、唐突に耳に迫った。
目に映るのは、切り取られたような闇夜の空。
その向こうで、巨大な黒竜が苦し気にもがきながら、必死に翼をはばたかせている。
(クロ……?)
押し寄せた記憶の波の中で、まだ意識がぼんやりとしている。
何がどうなっているのだ、と身体を起こそうとした時。
光り輝く少年が、自分を見下ろしていることに気づいた。
思わず息を呑む。
マホロ。
シロガネの――かつての自分の、無二の親友。そして、そして――

「ま、マホ――」

その名を呼ぼうとした時、異変に気づいた。

マホロの額に、一筋の線が浮かび上がったのだ。

それはナイフでゆっくりと切り開くようにして、じわじわと伸びていく。

その向こう側から押し広げられるようにして現れたのは、ぎょろりとした金の瞳であった。

第三の目を開いたマホロ――魔女が、無言のままヒマワリに覆いかぶさる。目の前に迫った額の眼に、ヒマワリはその身が絡めとられた気がした。

次の瞬間、唇に何か温かなものが触れた。

「……！」

重ねられた魔女の唇から、何かが身の内に入り込んでくる。むりやり身体をこじ開けられたような不快感に、ヒマワリは呻いた。それは徐々にその身を侵食し、指の先まで到達しようとする。

押しのけようとするが、指一本動かなかった。自分の身体なのに、まるで遠い存在になってしまったように感覚が消えていく。

それは、見覚えのある光景だった。

マホロが魔女にその身を奪われた、あの夜の。

（依り代――僕が――！）

押し入ってくる感覚が、ぴたりと止んだ。

突然、魔女が呻き声を上げたと思うと、頭を抱えながら後退っていく。

ヒマワリは驚きながらも、自由になった身体を起こして身構えた。

そして気づいた。

魔女の額の目が、まるで何かに抗《あらが》うかのように、ぐぐぐ、と閉じようとしているのだ。

「──逃げ、て」

それは、マホロの声だった。

自らを押さえ込むように身体を折って、マホロが叫んだ。

「逃げるんだ、僕が彼女を抑えている間に──シロ！」

「マホロ！」

マホロの身体は六十六年前、魔女に奪われた。

それでも、彼の自我はずっとその奥底で生き続けていたのだ。残された力を振り絞り、必死に魔女を抑え込もうとしている。

マホロは震える右手を、空に向けてかざした。

その先で魔法使いたちに捕らわれかけていたクロの縛《いまし》めが、一瞬で解き放たれる。黒竜は大きく翼を広げた。

「早く……！」

苦しそうに身体を丸め、マホロが喘ぐように言った。

額の目が、少しずつ開き始める。

「これ以上は、もたない……早く……！」

「だめ、マホロも一緒に……！」

彼の手を取ろうと、ヒマワリは手を伸ばした。

しかしその手はマホロには届かず、空を掻く。気がつくと、ヒマワリの身体は硬い鋼鉄の手に包まれていた。アオが膝をついて起き上がり、ヒマワリを掴み上げたのだ。

急速に遠ざかっていく親友の姿に、ヒマワリは必死に身を乗り出して手を伸ばす。

「マホロ────！」

アオがぶんと腕を振って、ヒマワリを空へと放り上げた。

「クロさん、お願いします！」

自由になった黒竜が、毬《まり》のように跳ね上がったヒマワリの身体を前脚《あし》で掴み上げる。

そのまま高く高く舞い上がるクロに、ヒマワリは大声で叫んだ。

「待って、クロ！　マホロを助けなきゃ……！　マホロ！」

眼下では、左右に割れていた海の水が、留め金が外れたかのように突如として内へと流れ込み始めていた。

海底の道が、黒々とした水の中へと沈んでいく。

「マホロ！　マホロ──っ！」

白い門も、みるみるうちに海の底へと消えていってしまう。マホロの姿は、もうどこにも見えない。

押し戻された海水は大波を立て、魔法使いたちを乗せた船はその流れに翻弄《ほんろう》されていた。

あわや転覆《てんぷく》しそうになるのを、首だけ海面から出ている巨大なゴーレムが、両手で持ち上げて救い出す。

その光景は、徐々に遠く、小さくなっていく。

――必ず僕が……君を助け出すから。

かつてそう誓ったのは、自分だ。

悔しさに涙が溢れ、ヒマワリは声を上げて泣いた。

目の前にいたのだ。

マホロが、すぐ目の前に。


マホロを助け出すため、シロガネは魔女の住むあの場所へと辿り着こうと、幾度も海に向かった。

しかし、深い海へ何度潜っても、あの白い門の痕跡すら見つからなかった。

六十六年に一度の、暁祭。

魔女の住処《すみか》への道は、その約束の時のみ開かれる。あの夜目にしたものは、それ以外の時の流れの中に、存在すらしていないのかもしれなかった。

シロガネは必死で、マホロのもとへ辿り着くための方法を探した。同時に、いかにすれば魔女からマホロを救い出せるのかも考え続けた。魔女をマホロの身体から追い出すには、どうすればいいのだろうか。

もし追い出すことができたとして、その後は？　魔女が身体を失えば、扉を開き魔力を媒介《ばいかい》する者がいなくなる。つまり、この世から魔法が消え去ることになるのだ。

それだけではない。魔女が失われた時、魔の法によって開かれた扉がどうなるのか、誰にもわからなかった。媒介する者のなくなった魔力が溢れ出し世界を食いつぶすのか、あるいは扉の向こう側へこの世が取り込まれてしまうのか。

マホロを取り戻すだけならば、マホロの代わりに、別の誰かを依り代とすればいいだろう。だがシロガネには、そんな方法は絶対に許容できなかった。

これまでもきっと、魔法使いの歴史の分だけ、自分のように大切な誰かを奪われた者たちがいたのだ。

(魔女を滅ぼす。この世から、完全に)

たとえ魔法が――魔法使いが、この世から消え去ることになっても。

だがそもそも、魔法の源でもある魔女を消す魔法などあるのか。

シロガネは世界中を旅し、あらゆる文献を探り、方法を探し求めた。永遠の魔女を葬り去り、マホロを救い出す、その方法を。

彼の研究はやがて、不老不死を得るためのものだと噂されるようになった。シロガネはあえて、否定しなかった。

本来の目的を知られれば、どんな妨害に遭うかわからない。魔法使いたちはきっと、暁祭の真実を知っても、結局は魔法を失うことに耐えられず同じことを繰り返すだろう。これまでの千年がそうであったように。彼らがシロガネの望みを知れば、必ず阻止しようとするはずだ。

長い年月を経《へ》るにつれ、いつしかシロガネの言動は、かつてのマホロに似通い始めた。それは無意識にシロガネが彼のことを思い出し、マホロならこんな時どうするかと考え続けた結果だった。魔法を使う度感じ取る彼の気配を、忘れないよう自分の中に刻みつけながら、シロガネは生きた。

いつも笑顔で、人を思いやる気持ちの強い、人に変な名前をつけたがる——大好きだったマホロ。それはいつしか、シロガネそのものになっていった。

研究を続ける中でシロガネの目を引いたのが、魔法使いの血を引きながら魔法を扱うことができない『非魔法使い』の存在だ。

調べを進めていくと、彼らは魔力を操れないのではなく、そもそも魔法の扉を開くことができないようだった。そして同時に、魔法を無効化する力を持っている。

目の前に、光が差しこんだ気がした。

彼らならば、魔女に対抗し得るのではないだろうか。

例えば、非魔法使いの身体を魔女が依り代としたら、一体どうなるだろう？

魔女の力は打ち消され、扉は開かれることなく、すべての魔力は無効化され——この世から静かに永遠に、魔法は消え去るのではないだろうか。


懐かしい匂いに包まれている。

そう思って、ヒマワリはゆっくりと、瞼《まぶた》を開いた。

ぼんやりと、目に入った部屋の様子を眺める。見覚えのあるそこは、四年前まで寝起きしていた、終島の自分の部屋だ。窓から差し込む光は昼下がりの柔らかな色を帯びて、室内の陰影を浮かび上がらせている。

何もかもがそのまま、時を止めていた。

残していった服、本、家具の配置も変わっていない。それから——枕元に置いていた、三体の手作り人形も。

身体を起こして、男の子の人形を手に取った。

下手《へた》くそだ。特に竜は、竜には見えない。

いつの間にか着替えさせられたらしく、ヒマワリは寝間着姿だった。恐らく、クロのものだ。懐かしい彼の匂いがした。

そう、懐かしい匂い——。

まだどこか夢うつつだったヒマワリは、徐々に頭が覚醒《かくせい》してくるのを感じた。

（マホロ――）

あの、暗い海。

クロに連れられ、マホロから遠ざかっていった。

あれからどうなったのか、記憶がない。

どくどくと、胸が大きく音を立てた。

マホロ。シロガネの親友。

シロガネであった、自分。

死んだはずの、自分。

そして、スバルと呼ばれていた自分。

ヒマワリと名付けられた、自分。――今の、自分。

ヒマワリはベッドを飛び降りた。

息を切らして長い廊下を抜け、階段を駆け下りた。かつて散々その上を滑り下りた手すりに手をかけて、勢いそのままに踊り場をターンする。

開きっぱなしの、居間の扉が見えてくる。

その向こうから、話し声が聞こえた。

「――アンナさんが、魔法の道で送ってくれたんですよ」

「大丈夫なのか？」

「もうおおよそは。ちょっと痣《あざ》、残ってますけど」

「ズタボロだったくせに、痣で済むのか。……いってぇ、滲《し》みる」

「ああ、動かないでください。クロさんこそ、これくらいで済んでよかったですよ」

「ふん、竜の生命力は強いからな」

部屋の中では、ソファに座ったクロの腕の傷に、アオが薬を塗り包帯を巻いていた。

「ミライさんは、とっくに帰ってしまいましたよね」

「置手紙があったぞ。誰も来なかったって」

「よかった」

「あの魔法使いたちは、どうなった？」

「皆さん呆然《ぼうぜん》自失という感じでしたね。暁祭が失敗に終わったことで、一体どうすればいいのか、魔法が使えなくなるんじゃないか、って心配していました。それでオグリって人が、魔法比べの上位入賞者から新しい依り代を選ぼうとか言い始めたので、ちょっと撫でて眠っていただきました。あとはアンナさんが、なんとかしてくれるそうです」

「はん。胸糞《むなくそ》わりぃ祭だな」

「現状、魔法が使えなくなったということはないそうです。以前の依り代の肉体が、もうしばらくは保つということでしょうか」

ドアの前に佇んだヒマワリは、動くこともできず、二人を見つめていた。

——戻ってくるよ。

——必ず、戻ってくるから。

「……ヒマワリ？」

気づいたクロが、声を上げた。

慌ててアオがこちらを振り向く。

「ヒマワリさん！　目が覚めたんですね！　よかった！」

二人に向かって、ヒマワリは駆け出した。

両手を広げて、彼らの腕の中に勢いよく飛び込む。

「うわっ、おい、なんだよ」

「ヒマワリさん、大丈夫ですか？　どこか痛かったりはしませんか？」

ぎゅっと腕に力を込めて、二人を抱きしめた。

涙が溢れて、前が見えない。

泣き続けるヒマワリを、二人は戸惑ったように宥《なだ》めた。

「お前、すぐに気を失っちまったから、とりあえずここに連れてきたんだ。魔法使いたちのところに帰すわけにもいかねーし。あ、でも、ミカゲとジンってやつが心配してたぞ」

「二人には、アンナさんが無事を伝えてくれていると思いますよ。ともかく少し休まれたほうがいいでしょう。それから、金色の谷間に戻るのなら……」

「――僕、ヒムカ国へ行かなくちゃ」

涙を拭いながら、きっぱりとヒマワリは言った。

二人はぎょっとしている。

「は……？　お前、なんで……」

「モチヅキに、会わないといけないんだ」

「モチヅキさんに？」

うん、とヒマワリは頷く。

非魔法使い。

シロガネであった頃、ずっと探し求めてきた存在。

ヒマワリは強い光をその瞳に湛えて、顔を上げた。

「僕が『永遠』を——断ち切るんだ」

エピローグ

『ユーハン？　ユーハン、聞こえている？』

ユーハン・オクセンシェルナは、ウィンドウに映し出された姉の姿に手を振った。

「聞こえるよ、姉さん。ちょっと途切れ気味だけど」

『太陽フレアのせいで、通信状態が悪いのよ』

月基地にいる姉のアスタは、以前より随分《ずいぶん》ふっくらして見えた。

「体調はどう？」

『悪阻《つわり》は軽いわ。来週には帰るから、そしたらあんたのところにも顔出すわね』

「嬉《うれ》しいけど、無理しなくていいよ。身重でわざわざ、こんな南の最果てまで来なくても」

『こんな時じゃないと、直接会うことも滅多にないじゃないの』

妊娠四か月のアスタは、地上で出産するために一時帰還する予定だった。

月基地でも、安全に出産できる体制は整っている。しかし、オクセンシェルナ家の血筋――タイムトラベラーの遺伝子を持つ子どもが生まれる可能性があると考えれば、宇宙空間に子どもを置くことは危険だった。

うっかり過去に遡《さかのぼ》ってしまえば、人類が進出していない頃の月の上に放り出すことになってしまう。赤ん坊が酸素もない時代に飛ぶリスクを、冒《おか》すわけにはいかなかった。

世界最大手の宇宙開発事業を展開するオクセンシェルナ家に生まれた二人は、幼い頃からごく自然に宇宙に興味を持った。ユーハンが生まれたのは、ちょうど宇宙コロニーへの移住が本格的に始まった頃。幼い彼は、いつか自分も宇宙に出ることを夢見ていた。

ところが、十歳の時。

突然過去に飛ばされた彼は、一族に代々伝わるタイムトラベル体質を持ち合わせていることがわかったのだ。

このタイムトラベル遺伝子は、一族すべてに発現するわけではない。各世代におおよそ一人か二人、その程度だ。

同じ体質を持つ大叔父のもとに預けられ、タイムトラベラーとしての心構えや掟《おきて》、振る舞い方、そして膨大な歴史の知識を勉強することになったユーハンは、正直なところ絶望した。

自分はどうやら、永遠に宇宙に出ることはできない運命なのだ。もしも宇宙で過去に飛ばされたらどうなるか――待っているのは、死のみである。

大叔父は隔離されるように、人里離れた屋敷に暮らしていた。タイムトラベルの瞬間を人に見られないように、そして、過去に戻ってしまった場合に危険のない場所が選定され、そこで生活することを一族の総意で決定されているのだ。

代々この体質を持つ者は、過去に遡った際に自分たちの祖先に接触し、彼らに未来の有益な情報を伝えてきたらしい。

それはつまり、最も利益の出る投資先、戦争や自然災害の発生場所と日時、各国の王位継承者について――など、リスクを回避して安全を確保し、優位な立場に身を置き金儲《もう》けできる情報だった。

おかげで巨万の富を得た上、各国の王室、政財界との太いパイプを数百年単位で築き上げたオクセンシェルナ家は、宇宙開発全盛期の時代において当然のごとくこの分野に参入し、大きなシェアを占めている。

ユーハンは、タイムトラベルを利用する父や一族のことが好きになれなかった。だから彼自身は、未来の情報を過去の人間には決して漏らさない。それは彼の置かれた境遇への小さな反抗であり、同時に己の体質に対する矜持《きょうじ》でもあった。

宇宙へ出られない代わりに、ユーハンは天体物理学を専攻した。地上にいても、子どもの頃憧《あこが》れた世界と関わっていたかったのだ。

やがて大叔父が亡くなると、当主である父親に交渉し、屋敷を出た。そしてこの南の果てにある島——終島《はてじま》と呼ばれている——を買い取り、実家の金に物を言わせて特別に設置した巨大な天体望遠鏡で、一人宇宙を見つめながら暮らしている。

この島を選んだのは、天体観測に適していることはもちろん、無人でありタイムトラベルする瞬間を誰にも見られないこと、そして何より、古代からここに人が暮らせる環境があったことが史実として確認できていたからだ。

ユーハンとは対照的に、タイムトラベラーではない姉は実家の事業に携《たずさ》わり、現在は月基地勤務となっている。そこで出会った技師と結婚し、先日妊娠が判明したのだった。

姉は幼い頃からユーハンの気持ちに寄り添ってくれる、一族の中で唯一心を許せる存在だ。

『会えるのを楽しみにしてるわ、ユーハン』

「うん、俺も。気をつけて帰ってきて」

通信を切ると、ユーハンは大きく伸びをしてソファに寝転がった。

姉の子が、自分と同じ体質ではないことを祈った。

もしもこの体質を持って生まれてしまえば、父母と一緒に過ごすことができなくなる。ユーハンのように。

ぐわん、と視界が揺らいだ。

（あ――来た）

それが、タイムトラベルの合図だ。

揺らいだ世界が、やがて形を取り始める。

目の前に広がるのは、見慣れた居間。

しかし、先ほどまでとはインテリアが異なる。壁にかけていた前衛的な抽象画は古典的な風景画になっているし、座っていたソファはシンプルな革張りのものだったのが、今は植物の図案が織られた布張りに変わっている。

それでも、不思議なほど家具の配置はまったく同じである。というのも、ユーハン自身が未来における家具配置を、すべて過去のものに合わせているからだ。

こうして突然過去に遡った時、位置取りが悪ければうっかり大型家具の間に挟まって潰されてしまう可能性だってある。だから、アオには家具の配置を変えないよう、くれぐれも頼んであった。

ソファに寝転がった状態でタイムトラベルしたユーハンを、ちょうど掃除中だったらしいアオが、はたきを片手に覗《のぞ》き込む。

「おや、ミライさん。こんにちは」

「おー」

身体《からだ》を起こしながら、今はいつ頃だろう、と考える。

シロガネがいる頃だろうか、ヒマワリがいる時だろうか。

それとも、二人とも不在の時期か。

「お久しぶりですね」

「そう？　俺は二週間前も来たけど」

「最近は随分間隔があいてますよ。前回いらっしゃったのは……一年前でしょうか」

「そんなに？」

そこへクロがやってきて、ミライに気づくと「よう」と声をかけた。

「久しぶりだな」

「らしいね」

アオもクロも老けないので、時間の経過がビジュアル的にわかりにくすぎる。

（いや、でもクロが五百歳とかになったら、さすがにいくらか年をくった見た目になるんだよな？　そんな先の時代には、行ったことないけど……）

「アオ、また掃除してんのかよ」

クロは呆《あき》れたように、はたきをかけているアオに言った。

「どうにも落ち着かなくて。クロさんだって、朝から散歩ばかりしているじゃないですか」

「……うるせーな。運動だよ、運動」

そわそわした様子の二人に、ミライは首を傾《かし》げる。

「なんだ？　なんかあるのか、今日？」

するとアオが、ふふふ、と意味深な笑みを浮かべた。

「今日は、久しぶりにヒマワリさんが帰ってくるんですよ」

「へぇ？」

「そろそろのはずなんですけどねぇ。船での行き来は、時間がかかって不便です」

「井戸が前みたいに使えれば、一瞬なのにな」

「え、井戸使えなくなったの？」

「いつの話してんだよ」

(あれ、これ今までで一番、先の時代かも)

するとアオが、ぴくりと背筋を伸ばし、顔を上げた。

「――来ました」

その言葉に、クロがせわしなく玄関へと向かい、アオも足早にそれに続く。

ユーハンがちらりと窓から海を見渡すと、一隻《せき》の船の姿が見えた。あれに乗って、ヒマワリが帰ってきたということだろう。

二人を追って、外へ出る。

ひゅうと吹きつけた風が、ユーハンの前髪を大きくはねあげた。

目に飛び込んできた光景に、思わず息を呑《の》む。

そこには、眩《まばゆ》いばかりの一面の向日葵《ひまわり》畑が広がっていた。風に揺れる明るい花が、太陽を向いて顔を上げてどこまでもどこまでも続いている。

夏の青空に浮かぶ入道雲の下、海原《うなばら》のごとく続くその黄金の花畑の向こうから、「おーい」という声が響き渡った。

林を抜けて、一人の青年が姿を見せた。

こちらに向けてぶんぶんと手を振る彼の、ひとつに括《くく》った長い金の髪が、日差しを受けて輝いている。

青年はアオとクロの姿に目を留めると大きく破顔し、手にしていた大きな旅行鞄《かばん》を無造作に放り投げた。

そうして、二人めがけて走り出す。

彼は勢いを緩めることなく、大きく両腕を広げて、彼らに飛びついた。

（ああ、これは、初めて見る景色だな）

クロの身長を飛び越えて、アオに迫ろうというほど背が伸びたヒマワリは、しかしその見た目にそぐわず、子どものように無邪気に彼らに抱きついていた。アオとクロも、嬉しそうに笑っている。

ふと顔を上げたヒマワリは、ユーハンにも気づいたらしい。笑って手を振る彼に、ユーハンもまた手を振り返す。

――僕はこの世から――すべての魔法使いを消し去りたいんだよ。

死を前にして、かつて大魔法使いシロガネはそう言った。

あの暁《あかつき》祭の後、今日まで何があったのか、ユーハンはまだすべてを知らない。

だが恐らく、シロガネの願いは叶ったのだろう、と思う。

ユーハンの生きる千年後の世界に、魔法はもう、どこにも存在していないのだから。

※この作品はフィクションです。実在の人物・団体・事件などにはいっさい関係ありません。

集英社オレンジ文庫をお買い上げいただき、ありがとうございます。
ご意見・ご感想をお待ちしております。

●あて先
〒101-8050　東京都千代田区一ツ橋2-5-10
集英社オレンジ文庫編集部 気付
白洲　梓先生

集英社
オレンジ文庫

魔法使いのお留守番(下)

2024年5月25日　第1刷発行
2024年6月30日　第2刷発行

著　者　白洲　梓
発行者　今井孝昭
発行所　株式会社集英社
〒101-8050東京都千代田区一ツ橋2-5-10
電話【編集部】03-3230-6352
【読者係】03-3230-6080
【販売部】03-3230-6393（書店専用）
印刷所　TOPPAN株式会社

造本には十分注意しておりますが、印刷・製本など製造上の不備がありましたら、お手数ですが小社「読者係」までご連絡ください。古書店、フリマアプリ、オークションサイト等で入手されたものは対応いたしかねますのでご了承ください。なお、本書の一部あるいは全部を無断で複写・複製することは、法律で認められた場合を除き、著作権の侵害となります。また、業者など、読者本人以外による本書のデジタル化は、いかなる場合でも一切認められませんのでご注意ください。

©AZUSA SHIRASU 2024　Printed in Japan
ISBN 978-4-08-680558-2 C0193